「你不會自己脫、自己穿嗎?跟孩子沒兩樣。」
「妳想要藉由惹怒我來逃脫也沒用。動作快。」

Contents

Kadokawa Fantastic Novels
Presented by
沢野いずみ
illustrator
夢咲ミル
我想蹺掉太子妃培訓
～瀕臨破產的千金想結婚～
2

我想蹺掉太子妃培訓2

～瀕臨破產的千金想結婚～

我現在正面臨巨大危機。

「要破產了——！」

我邊大喊邊往床鋪飛撲。也不會有人在旁訓斥「貴族不能做出這等行為」。正如我方才所述，我家就快要破產了，因此傭人一個也不剩。從沒聽說哪個貴族家裡一個傭人也沒有。

然而現實問題是我家一個傭人也沒有，連說要留下的人也解僱了。

這是因為……讓我再度重申，我家就快破產了，根本付不起薪水。

別說沒錢了，甚至還有負債。如此一來，想要脫離這個危機只有一個方法。

那就是只能嫁入豪門了。

「但是！我一個男人也沒逮到！」

我捏皺晚宴用的禮服大喊。

「布莉安娜？」

這個家的女主人，男爵夫人打開門察看我的狀況。家主男爵也站在她背後。

「那個……如果很痛苦，放棄也沒關係喔？妳別在意我們家的事了。」

夫人一臉悲傷地垂下眉頭說。我聽到這句話立刻起身。

「才不會！母親！現在才剛開始而已！」

現在不是沮喪的時候。不過是在晚宴上逮不到男人而已，下一場晚宴繼續努力就好！

我這麼說完，男爵夫妻便露出愧疚的表情。啊啊，我不想讓他們露出這種表情啊。

無論如何都得逮到有錢人來報恩才行！

我重新下定決心，緊握拳頭。

◇◇◇

我被這個家庭收養，已經過了十二年。無須隱瞞，我並非這對夫妻的親生孩子。只是個運氣好在孤兒院被他們領養，連親生父母是誰都不知道的小丫頭。所以這對夫妻雖然是我的養父母，他們把我當作親生小孩愛我、養大我。

沒有孩子的夫妻並非領養男孩，而是領養女孩的我，單純是因為他們想要女兒。另外還有就是這個國家的女性也能繼承爵位。

多虧如此，我接受了繼承人該有的教育，在他們的寵愛下長大。結婚對象也是，因為我們家是低階貴族中的男爵，他們說只要對方愛我，即使是庶民男性也沒關係。我也不好高鶩遠，悠哉想著和願意入贅的溫柔庶民男性結婚好。

可是千算萬算沒算到，事情在兩年前急轉直下。

養父遭人欺騙欠了一大筆債。

他老好人的個性遭人利用，轉眼間失去了所有財產。事到如今，我們家只剩下空有虛名的爵位和負債。

看著養父母哭著說代代傳承的這個家也走到盡頭，我下定決心。

我要和有錢男人結婚。

幸好我還年輕，身材也發育得妖豔有致，我要去找會因此上鉤的男人。實際上也有幾個人向我求婚或做出近乎求婚的行為，然而我的養父母暫緩了我的婚事。

「再怎麼樣都不能成為繼室或情婦啊！」

沒錯，上門的婚事幾乎都是有把年紀、五六十歲男性的繼室，或是說「要多少錢我都給，當我的情婦而非正室」的人。

我沒想到身材太傲人竟然會為此事帶來弊害。

養父母很愛我，哭著對我說「與其做出這種賣女兒的行為，倒不如去死」。

實際上我對婚姻也有夢想，所以沒有立刻答應繼室的婚事。我們全家人決定別急就章，要好好找對象。

雖然方向確定了很好，就在蹉跎中兩年過去，我也來到適婚年齡上限的十九歲。

就快撐不下去，要破產了。

除了經營領地之外，我為了還債開始從事副業。因為有副業收入還利息，債主也因此等了我們很長一段時間，不過他們終於說出「要是半年內沒辦法償還本金，就不留情了」。

老實說我想得太天真了。因為年輕且有一副好身材而太自大，認為肯定會有拯救這個家的男人出現。

可是現實很殘酷。

在我們家負債的同時，幾乎沒有男性靠近。偶爾有人看上爵位而找上門，發現男爵這種低階爵位不值得付出負債總額後便離去了。順帶一提，他們離開時都會拋下一句「要是有伯爵爵位，我還會考慮一下」。

「嗚唔唔唔唔唔，我那時候還以為釣上王太子了耶！」

我不甘心地猛搥床鋪。

宛如童話故事般被王太子殿下選為晚宴同行者，我得意忘形前往參加後，發現自己只是王太子拿來當作和真命天女的未婚妻卿卿我我的材料而已。

太過分了。我還以為終於找到不是光盯著我的胸部瞧的誠懇男性，而且還是王太子，沒想到我只是被用來試探未婚妻的誘餌。太過分了。

「早知道就要一筆試探工具人費了……」

只要我要求，他說不定就願意付錢。不對，現在去說也還不遲。總之我就是想要錢，所以就去找他討錢吧。

「那、那個，布莉安娜……」

養母不知所措的聲音讓我回過神。這麼說來，養父母還站在門前！

為了掩飾自己丟臉的一面被最喜歡的養父母瞧見的手足無措，我清了清喉嚨。

「那個……這是晚宴的邀請函。」

養母遞給我一張邀請函。

「母親，謝謝您。」

我彎嘴微笑後，養父母便露出幾分鬆了一口氣的表情離開房間。

我打開剛拿到的邀請函確認，上面寫著出乎我意料的名字。

「納提爾・道曼……」

這是拿我當工具人試探王太子殿下的真命天女，同時也是現任王太子妃的兄長之名。

◇◇◇

納提爾・道曼。

我對這個名字很熟悉。因為他就是陷害我的真凶。

那天——我一如往常正在尋找結婚對象，王太子殿下掛著滿臉燦爛的笑容接近我。

怎麼可能？騙人的吧？真的嗎……？

那對我來說簡直堪稱奇蹟，甚至讓我找回負債後不小心丟棄的少女心。

我也是在此時認識了納提爾。他站在王太子身後，老實說我還以為他是王子的隨從。

看在見識過無數男性、養刁眼光的我眼中，王太子殿下十分俊美。真不愧是王太子殿下，氣場完全不同。

當這位王太子殿下開口說「請問妳願意和我一同前往下一次的晚宴嗎？」時，我只有開心得都要飛起來的感覺。

幸好我沒放棄，才能抓到最棒的對象——我大為興奮地參加派對。

向王太子殿下的未婚妻致意時的優越感。

王太子殿下選擇我所帶來的自信。

我可以斷言，當時的我沉浸在人生最大的幸福中。

可是那是轉眼即逝的幸福。

「我今天沒有辦法陪妳。」

她看著如此說的王太子殿下問道：

「您的意思是，您今天要陪伴這位小姐嗎？」

她的眼眶紅潤，彷彿在期待什麼。我當時以為那代表悲傷，不過之後才知道那是天大的誤會。

王太子殿下轉過頭背對她。

「抱歉……」

「所、所以說我們的婚約……」

「……就是這麼一回事。」

未婚妻看著王太子殿下和我，下一個瞬間開心地又叫又跳。我不是比喻，她真的如字面所示舉高雙手又叫又跳。

「太棒了——！」

「什麼？」

她剛剛那身優雅的氣質上哪裡去了？她十分興奮地對站在王太子殿下背後的納提爾說：

「哥哥，您聽見了嗎？聽見了嗎？當然一字不漏地全都聽見了對吧！」

「是，我聽見了。」

「啊啊，太棒了、太棒了！」

她雙手在胸前交握，仰頭望天，彷彿正在感謝神明。

她就這樣無法平復激動地說：

「我辛苦了十年。自從七歲被選為下一任國王的未婚妻，日日夜夜念書念書念書念書念書跳舞跳舞跳舞跳舞！還有不知為何非得頻繁參加的茶會！沒有！任何一件事！開心！」

「蕾、蕾蒂希亞……？」

原本平靜說話的王太子也變了音色。這也是當然。她態度驟變的速度之快，連我也不禁倒退三尺。

「我的所作所為全部都會遭到否定。假如不小心笑出聲，就會責備我沒氣質，但是我笑出聲造成誰的困擾了嗎？沒造成任何人困擾吧！只是有點急地小跑步而已，就會罵我不端莊，根本只是想要找我麻煩而已吧！」

「蕾蒂……？」

「既然木已成舟，我也只能放棄掙扎，但我已經可以不用繼續下去了吧！啊啊，棒透了，全都多虧有妳！……妳叫什麼來著？呃，布……布……布可愛？」

「是布莉安娜！」

我原本靜靜聽她說話，但這件事不得不訂正。幹嘛故作自然地替別人取綽號啊！

似乎是從我裝可愛和名字組出來的，但她失禮至極。我裝可愛是為了要和王太子殿下結婚而諂媚作態，如果可以不必這樣我也不會做！

王太子殿下的未婚妻名字叫做蕾蒂希亞。事到如今她才擺出溫馴的表情，可是早已被看穿是裝出來的。

「對不起，因為妳一直在裝可愛嘛。」

「妳在嘲諷我嗎！」

「雖然我在嘲諷妳，但也非常感謝妳！謝謝妳願意接收這個呆帳！」

「呆……呆帳……」

對王族極度失禮的一句話讓我頓時啞口無言。

「一天要關在王城裡念書、跳舞十小時，還得在茶會上忍受那些貴族的閒言閒語，妳竟然願意代替我承受這些痛苦！加油！我會支持妳！」

「咦……」

那什麼啊，我沒聽說耶……

蕾蒂希亞明明看見我不禁愣住，但她絲毫不理會我，對著納提爾說：

「想方設法讓我當上王子未婚妻的哥哥，實在太遺憾了呢！只能請您從其他管道建立和王室之間的關係了！」

「我知道啦。」

「哥哥，您答應我只要克拉克大人有好對象就願意放我自由，您會遵守約定吧？」

「我知道啦。」

納提爾露出已然放棄的表情。

「呵呵，我終於自由了。我今後不要當千金小姐了！我要去鄉下釣魚釣魚爬樹，和村莊裡的小孩玩耍、耕田，然後開懷大笑地過日子——！」

未婚妻說出要把王太子殿下推給我的發言後，神采奕奕地離開了會場。意外的發展讓我只能茫然目送她爽快離去的背影，我發現似乎和我想像的不太一樣，試圖和王太子殿下拉開距離。

然而我立刻被逮住了。

不是被王太子殿下。而是被逃跑女人的哥哥——納提爾．道曼，下一任公爵逮住。

「妳要上哪裡去呢？布莉安娜小姐？」

「沒呀，我想我今天先告退比較好。」

我笑著說，但內心冷汗直冒。

「妳不是克拉克殿下的對象嗎？」

「我們並非訂下終生的關係。」

王太子殿下只是邀請我和他一起參加派對而已，我沒說謊。

我有麻煩事的預感，因此只想趕快回家，不過納提爾不僅沒放開我的雙肩，甚至加重力道至極限。我可以感覺到他絕不讓我逃跑的意志。

「可是現在克拉克殿下的未婚妻逃跑了，妳明白我們需要替代品吧？」

「不，我不明白。」

「妳引起了這麼大的騷動，起碼得接受點懲處吧？」

他低聲這麼說，我的背脊竄過一陣惡寒。可是我豈能在這裡輸給他，因此努力撐住了。

「如果不是替代品，而是能成為真正的未婚妻，我會考慮一下。」

對於我這段可謂厚顏無恥的發言，他揚起嘴角邪笑，再次使我的背冷汗直流。

「好吧。如果妳承受得住太子妃培訓，就考慮一下。克拉克殿下，這樣可以吧？」

「可以。」

出乎意料之外，王太子殿下爽快地同意了納提爾的提議，我嚇得瞠目結舌。

接受太子妃培訓代表我被選為克拉克殿下的未婚妻候選人。得考慮家世與資質後慎重選擇的太子妃候選人不可能如此輕易就作決定。而且還是讓在場的這兩人獨斷決定。

如果王太子殿下喜歡我，無論如何都要娶我，那麼我還能理解。可是王太子殿下看也不看我一眼，直盯著未婚妻消失的方向瞧。明眼人都明白他愛的人是誰。

我看了抓住我肩膀不放的納提爾，他仍用毫不隱瞞企圖的眼睛看著我。

被陷害了。

現在才發現也為時已晚。

啊啊，為什麼我老是抽到下下籤呢？

我心中淚流不止，只能怒瞪納提爾。

◇◇◇

我光速大聲求饒。

太子妃培訓太嚴苛了。超級嚴苛。

我們家本來就不是對淑女該有的教養或禮儀太囉嗦的家庭。我只有接受身為男爵家繼承人最起碼該有的教養，所以既沒有能站在王太子殿下身邊的氣質，也沒有教養。

我擅長算數、貿易買賣，以及領地經營。身分地位高的淑女首先不會接受這類教育，而高階貴族男性則對有這類知識的女性敬而遠之，這也是我不受高階貴族歡迎的原因之一。我沒有隱瞞自己以男爵家繼承人身分接受重視經濟和經營教育這檔事，因此有不少人知情。

這樣的我完全無法承受以淑女教育為主的太子妃培訓。

我只懂最低所需的禮儀，看在老師們眼中我的舉止似乎不忍卒睹。不僅遭到老師斥責，又被懲罰，還沒有休息時間，簡直就是地獄。

而且得知接受地獄般的太子妃培訓後也不會有好結果，使得我更加絕望了。

王太子絲毫沒有和我結婚的意思。他未婚妻逃跑那晚之後，我連王太子一面都沒見到，由此可知他對我多麼不感興趣。

「不行，我要死了。」

我對來看狀況的納提爾說完，他用觀察的視線看著我。

「哦……妳的臉頰稍微消瘦了嗎？」

「是的，我減肥成功了……」

我認為已經不需要使用敬語表達對這傢伙的敬意便改變口氣，但他明明發現了也沒提及這點。我想著他應該沒碰過低階貴族女性用對等口氣說話的經驗，這明明是我現在能對他使壞的極限耶。

我不甘心地咬牙切齒，使得牙齒嘎嘎作響。他相當愉悅地看著我。

「不過妳的胸部一點也沒減。」

「色狼！」

這男人在說什麼啊！我曾碰過說著「妳的身材相當勻稱呢」、「要是能緊緊擁抱，肯定很幸福吧」等貴族特有的迂迴性騷擾，可是還是第一次碰到直截了當說出口的人！

我雙手環胸保護身體，不過這樣反而更加強調了我的胸部。我的身體太可恨了！

我發現沒意義便放下手怒視對方，卻也只是讓他感到愉悅。這個男人的性格真糟糕。

「我可以讓妳解脫喔。」

我無法理解他突然在說什麼，不禁歪頭。解脫……解脫……從一連串對話聽下來，解脫指的是……太子妃培訓？

「真、真的嗎？」

「是啊，真的。克拉克殿下已經宣示，不和蕾蒂希亞以外的人生孩子了。」

既然王太子殿下如此宣言，那就代表我的任務已經完成了。

從蕾蒂希亞逃走後到準備好讓我接受太子妃培訓，我被限制了幾天自由，實際上今天才開始接受太子妃培訓。沒想到連好好用餐的時間也沒有，我的體重不過才一天就已經減輕，但是胸部分毫不減。

啊啊，痛苦的日子可以就此結束……我根本不在意至此的努力將化作泡沫，只有滿心的感謝。儘管實際上接受太子妃培訓的時間只有一天，我實際體認到我根本沒辦法成為王太子妃候選人並完成太子妃培訓。可以提早結束真是太好了。

我開心得顫抖，一個聲音接著澆了我一頭冷水。

「只不過有條件。」

「什麼？」

我一臉疑惑地看著納提爾。

「首先第一個——」

納提爾豎起一根手指舉到我面前。

「妳要四處去宣傳妳接受的太子妃培訓是什麼樣的課程。」

「咦？」

要我四處去宣傳那個超級嚴苛的太子妃培訓是什麼樣的課程……？

我無法理解而歪著頭，納提爾繼續說：

「蕾蒂希亞認為本性大剌剌的自己不適合當王太子妃，所以我們希望妳四處去宣傳，輕而易舉讓妳受挫的太子妃培訓有多嚴苛，而接受這種教育十年的蕾蒂希亞有多優秀。」

原來如此，所以才特地花費心思讓我接受太子妃培訓啊？

真是位謀士。

我不清楚蕾蒂希亞怎麼想，但只要連市井也聽到傳言，身邊自然會帶起「請務必讓蕾蒂希亞成為王太子妃」的風向。

我真的被當成好用的工具人了耶……

我不禁嘆氣，但我根本沒立場拒絕，只好答應。

納提爾聽到我應允後相當滿意，接著又豎起第二根手指。

「第二點——」

納提爾揚起嘴角冷酷地宣言：

「妳要照我的指示行動。」

◇◇◇

我依照納提爾的指示，前去見王太子殿下的未婚妻。

「聽好了，絕對要捕獲她。」

「說什麼捕獲，她又不是野生動物。」

「不，她幾乎是野生動物。」

幾乎是野生動物的公爵千金是怎麼一回事……

「你的目的是要把蕾蒂希亞帶回王城對吧？」

「沒錯。」

我為了確認而提出疑問，納提爾便點了點頭。

「克拉克殿下現在應該見到蕾蒂希亞，正在和她說話，我等一下也會去見她。出現危機感的蕾蒂希亞絕對會逃跑——絕對。」

「你怎麼能如此確定……」

「她不是要她跟著走就會乖乖跟著走的人，所以我們故意讓她逃跑之後再去逮住她。」

難以想像這是對親生妹妹的發言。

「你們真的是親兄妹嗎？真的有血緣關係對吧？」

「如假包換，同父同母的親兄妹。」

「你沒有尊重妹妹意思的想法嗎？」

「我認為對貴族來說，策略婚姻是很理所當然的事喔？」

很遺憾，我不是在這種理所當然觀念下長大的人，所以無法理解……

我非常感謝養父母。他們不是會為了錢賣小孩的父母真是太好了！我沒有會為了權力賣掉妹妹的哥哥真是太好了！

「妳現在想著很失禮的事情對吧？」

被他看破心思使我冷汗直流地露出苦笑。

「總而言之，我只要幫忙別讓你妹妹逃走就好了吧？知道了、知道了。」

「別重複說兩次。」

為什麼我都這把年紀了，還得聽一個男人說這種媽媽才會嘮叨的叮囑啊？

完全不顧慮我心情不爽的男人，敲了敲與他們在王都的居所相比小很多的房子大門，立刻有看似侍女的女性出來迎接我們入內。

「妳過得好嗎？」

「哥哥！婚約沒取消是怎麼回事！」

姑且作完形式上該有的招呼問候後，王太子殿下的未婚妻——蕾蒂希亞不顧想要和她說話的納提爾，立刻先逼問納提爾。

這也當然。她開心著自己能取消婚約也僅是曇花一現，王太子殿下立刻追了上來，還宣示不願意取消婚約，她根本沒想像會發生這種事情吧。

「聽說克拉克殿下不打算取消婚約。」

「什麼！可是他當時說了婚約不算……」

蕾蒂希亞焦急地逼問納提爾。

「蕾蒂希亞，妳仔細回想，當時殿下明確說出婚約取消了嗎？」

蕾蒂希亞呆愣了一會兒，接著臉色逐漸轉白。她大概發現到，對方沒明確說出最重要的關鍵字。

當時殿下只用含糊的表現回應蕾蒂希亞，而且只有納提爾事先安排好的人在場。

「他沒說要取消婚約……」

「就是這麼一回事。」

「不對，是怎麼回事啦！」

「這表示殿下打從一開始就沒打算取消婚約。」

「什麼——！」

我稍微覺得不知所措得混亂的她有點可憐，而且設計讓她誤會的人就是她的哥哥。即使不是蕾蒂希亞，在那種狀況下任誰都會誤會。

不過對我來說，光有人愛著自己便足以令人羨慕，還是決定不同情她了。太羨慕了啦！

「他似乎希望妳能吃醋。」

「吃、吃醋？」

「希望看到妳嫉妒。」

「不對，我並不是不知道吃醋是什麼意思。」

蕾蒂希亞好像不清楚克拉克殿下的意圖。

「殿下似乎很喜歡妳。」

「他剛剛這樣說過……」

「因為妳完全不看他一眼，所以他才想試探妳。」

「就算我被試探，也完全沒看他一眼耶。」

克拉克殿下不被當一回事到這種程度也太可悲。

「似乎是這樣呢。不過他很開心地說，妳第一次好好地看他的臉了。」

我們剛才來到這棟房子前，先和克拉克殿下說過話。他開心的神情與那場派對時簡直無法相比。

「嗯？為什麼哥哥會知道才剛在河邊發生的事情啊？」

「因為帶克拉克殿下來這裡的人是我啊。」

「什麼！」

大概出乎意料吧，蕾蒂希亞大聲驚呼。

這是當然。畢竟背叛者是家人啊。希望她可以記取教訓，以後要有警戒心。

納提爾不顧驚訝的蕾蒂希亞繼續說：

「他說他已經創造出讓妳了解他的機會了，等妳婚後再喜歡上他也沒關係。只不過他似乎對妳迅速窩進我們家領地的行動力產生危機感，所以現在正在準備。」

「準備什麼？」

「結婚典禮。」

「不要啊啊啊啊啊！」

蕾蒂希亞一臉慘白地跟納提爾對話，聽到正在準備結婚典禮後，無法忍耐地大聲慘叫。

在那之後也依舊鐵青著臉巴著哥哥想辦法。

話說回來，我一直坐在這邊耶，她知道嗎？

「喂……你們差不多也該別對我視而不見了吧……」

我發出低聲阻止沒完沒了的兄妹吵架。蕾蒂希亞睜大眼睛，彷彿表示她現在才發現我。

「啊啊，我都忘了。因為她說想見妳，所以我就帶她來了。」

「正常人會忘記嗎！」

我對漫不經心地說話的男人大聲表達不滿，不過他完全不受影響。

「布……布……布可愛小姐！」

「是布莉安娜！」

她大概試圖回想我的名字，最終還是放棄了，便用她替我取的綽號喊我，而我予以糾正。什麼「布可愛」，到底有什麼樣的品味，才會替人取如此失禮的綽號啊！

蕾蒂希亞一臉疑惑地歪著頭。

「布可愛小姐，妳今天沒有裝可愛的成分嗎？」

「是布莉安娜！」

「妳不裝可愛了嗎？」

「已經不裝了啦！」

大概覺得我和先前見到時的感覺不同，我大方回答用眼睛詢問我「為什麼」的她：

「王子主動靠近我，我還以為我有機會，沒想到王子根本對妳情有獨鍾，我只是被拿來試探妳。開什麼玩笑啊！」

我緊握拳頭。

「而且說什麼作為我引起騷動的懲罰，不知道為什麼連我也要接受太子妃培訓！無法理解事情為什麼會變成這樣，而且那真的超痛苦的，什麼鬼啦！不小心打個呵欠就會被罵是怎麼回事？只要是人都會打呵欠吧！」

「就是說啊。」

「我就知道妳一定能理解我！」

她頻頻點頭，我握住她的手。就是說啊，妳也想逃離那個培訓，肯定理解我的心情吧！最近這段時間被罵得狗血淋頭，所以只是得到認同就讓我感動。再說陷害我的凶手本人——納提爾一點都不同情我。

「妳太厲害了！竟然忍受了一年？我完全不行，一天就放棄了。」

「妳別放棄，再努力一下！」

「辦不到！」

「只要努力，或許就能成為王太子妃！」

「絕對不可能！因為王子已經宣言，如果和妳以外的人結婚就不生小孩了。」

蕾蒂希亞大概想盡辦法要逃跑。她拚了命地說服我，卻在聽到我說的話之後愣住了。

「殿下似乎不打算和妳以外的人結婚。妳只能放棄掙扎了呢。」

「不要啊啊啊啊啊！」

告知親生妹妹殘酷現實的納提爾看起來相當愉快。

◇◇◇

他們看起來感情不好，但真不愧是親生哥哥，精準預測了妹妹的行動。

正如納提爾所說，試圖逃跑的蕾蒂希亞從二樓窗戶往下跳。太強了。一般來說會怕得不敢從二樓跳下來才對。

雖然她完美的著地讓人看得心醉神迷，果然還是遭受衝擊了吧。她摀著腳小聲呻吟，但是立刻復活撿起包包邁步奔跑。

「不，我不會讓妳逃跑喔。」

我在蕾蒂希亞拔腿前踩住她的裙襬，她便腳步踉蹌地臉直接撞上地面。儘管看起來很痛，我不能放開腳。

「要是妳逃走了，不就換成我無法逃離太子妃培訓了嗎！」

蕾蒂希亞意識到是我後，拚了命地想扯回裙襬逃跑。
「妳白天不是還和我心有戚戚焉，覺得很辛苦嗎！」
「是心有戚戚焉，但我無法放妳逃跑。」
「太過分了！我還稍微想著或許可以又或許不可以，跟妳變得要好一點耶！」
「那不就表示根本無法嗎！」
蕾蒂希亞掙扎著想逃跑，但她抽不出裙襬。可別小看前庶民的腳力啊！
「他們答應我只要妳回去，我就可以不必接受太子妃培訓。我絕對不會讓妳逃跑。」
儘管真相有點不同，實際上真的放她逃走了，不知道她哥哥又會說些什麼。
「唉喲唉喲，妳放過我啦。」
「那誰要放過我啊！」
「妳只要代替我，就能光耀門楣成為國母！真是太好了呢！」
「不是跟妳說過，我早就放棄了嗎！」
她似乎改變戰法，打算奉承著我藉機逃跑，我怎麼可能中計。關鍵的王太子殿下已經表明對妳以外的人毫無興趣了，妳現在說出口的話完全沒意義。
「蕾蒂希亞，大半夜吵死人了。」
終於現身的納提爾絲毫不掩飾他的不耐煩。這傢伙該不會把事情全丟到我身上，自顧自地睡著好覺吧？別一副「我睡得正香甜耶」的臉啊！

「哥哥，您快拿這個布可愛想想辦法啊！」

「我就說了我叫布莉安娜！」

蕾蒂希亞即使向哥哥求救也被忽視，被逼得走頭無路看著我脫口而出：

「要是妳放過我，我就讓妳和哥哥結婚！」

我聽到這句話後愣住。

「妳說什麼？」

我緊盯著蕾蒂希亞的臉瞧。

「公爵家嫡子，二十二歲，腦袋聰明、運動神經發達、身材高挑，而且還是個美男子。就算說保證將來平步青雲也不為過！儘管個性有點問題，只要忽略這點，絕對是個好對象！如何？」

「成交！」

我放開踏住的腳。蕾蒂希亞立刻起身，擦拭她額頭在攻防戰中冒出的汗水。

「謝謝，我不會忘記你們。哥哥，您要幸福喔。」

「喂、喂，蕾蒂希亞。」

「我自由了——！」

蕾蒂希亞大叫著輕快跑遠。我目送她離去，轉頭看向納提爾，他嚇得肩頭一顫。納提爾似乎沒料想到這個發展，露出恐懼的表情看著步步朝他接近的我。

「喂，妳冷靜點！」

「我很冷靜！真是的，你為什麼不早點說你沒有未婚妻啊！你的年齡和我相配，外貌又姣好，還是公爵家的繼承人。儘管個性很糟糕，不過我會忍耐。如果只看條件，根本就超棒的嘛！」

如果對象是他，養父母應該也會同意。比腦滿腸肥的有錢中年人繼室好上幾百倍。

「我以為上流貴族都早已訂親，而且你個性糟糕也被我排除在外，但如果你沒有未婚妻就另當別論了！」

「妳別故作自然地輕蔑我！」

嘖！被他發現我說了兩次他個性糟糕了嗎……

不過他個性糟糕是事實，我並沒有打算訂正。我步步朝納提爾靠近之後，抱住他將他推倒在地。

「喂，這可不是開玩笑的啊！」

「我怎麼會開玩笑呢？想要讓你負責，只有這個方法了！」

「妳該不會想……」

納提爾一臉慘白地面對輕輕撫摸他胸口的我，但我毫不在意。要是在意就輸了。

「只有創造既成事實！」

「別衝動別衝動別衝動！」

我說著「來吧！」，打算脫掉他的褲子，對方當然也會抵抗。由於我們毫不退讓地互相拉扯，繫住褲子的皮帶發出討厭的聲音。只要皮帶扯壞就是我勝利了，我努力拉扯，但對方也不肯放棄。

只有彼此「呼……呼……」的紊亂吐息聲響起，納提爾伸腳想踢開壓在他身上的我。專注在他褲子上的我輕而易舉就被他踢開，往後摔倒。

「好痛──！把女生踢飛，算什麼男人啊！」

「囉嗦！襲擊男人算什麼女……人……？」

納提爾似乎也想對生氣的我怒吼，但他語尾不成聲。感到疑惑的我轉頭看他。

只見他直盯著我瞧。若要具體地說他在看哪裡，那就是我捲高的裙襬。

「呀──！」

大家可能覺得都做出那種事情，事到如今還害羞什麼，但我也有羞恥心。我所說的既成事實，也不是真的打算做什麼，只是想稍微弄亂衣服，讓之後恐怕會追出來的納提爾部下或王太子部下目擊這一幕，藉此讓他沒辦法辯駁而已。

所以說，實際上真的變成那樣，我會非常困擾。

「喂，你別看啦！」

我慌慌張張地整理裙襬，納提爾握住我的手。我的背脊竄過一陣惡寒。

「喂、喂……別開玩笑喔……？」

即使我扯著笑容說著，納提爾的手依舊摸上我的裙子。

「呀──！不行──！還沒結婚不能做這種事情──！」

「可惡，妳給我乖一點！」

我感覺貞操出現危機而全力掙扎大喊，納提爾毫不費力地壓制住我，讓我痛切感受到男女力量的差異。

「等、等等……真的等等……」

可能已經不行了……

當我眼泛淚光稍微開始放棄時，納提爾一點一點地掀起我的裙襬。完蛋了……即使我全身無力，納提爾也沒繼續動作。也就是沒掀到關鍵部位。

咦？他的樣子有點怪……？

我戒慎恐懼地看著他，發現他看著我的腳在思索什麼，裙襬勉強還遮著內褲。怎麼回事？戀腳癖？他是戀腳癖嗎？

「那個……」

我開口呼喚他，他突然回過神一般往後仰。我趁機整理好裙襬。

「那個……」

「妳別以為妳這乾癟的身體能讓我食指大動！」

納提爾不看我如此說完，便丟下我大步離去。

「什、什麼？」

被拋下的我只能大表不解。

◇◇◇

「那傢伙到底是怎麼一回事！」

我脫掉禮服，往床鋪飛撲。

聽說王太子殿下順利捕獲蕾蒂希亞，現在人在王城裡。

可是現在占據我腦袋的不是那個野丫頭，而是她的哥哥。

「明明盯著我的腳都看直眼了，還說那種話……！」

平常老是被人盯著胸部看的我，其實隱隱自豪有雙美腿。雖然不是深閨千金那樣纖細、看起來一折就會斷的腿，多虧勞動長出適量的肌肉，有著緊實優美的線條。

「而且還說我身材乾癟！」

倒不如說豐滿到連我自己都不知該如何是好耶！

「不可原諒……」

我低聲咒罵著，把臉埋進枕頭中。

然而，雖然最後說出那種話，他當時的那個行動——

「應該是有戲唱吧……？」

至少不會有人想要撩起沒興趣的女人的裙襬吧？

「很好！要嫁入豪門了——！」

「布莉安娜，要洗澡嗎？」

「要！」

我回應不在意獨自在房裡燃起鬥志的女兒，溫和提問的養母。

洗澡打磨自己，然後用盡手段全力進攻！

幸好因為王太子殿下的誠摯請託，我成了蕾蒂希亞的聊天對象。因為擔心她被關在王城中會心情鬱悶才如此安排，真希望他能分點對蕾蒂希亞的溫柔給我。

「有志者事竟成！只有直行前進了！」

「布莉安娜洗澡……」

看見下定新決心的我，養母一臉傷腦筋地愣在原地。

◇◇◇

令人感激的是，機會立刻來臨了。

「納提爾大人～！」

當我來到王城時，發現正好在這裡的納提爾。我發出小貓般的諂媚聲音靠近他，他便露出明顯厭惡的表情。

說起為什麼我會來王城，當然是被叫來當蕾蒂希亞的聊天對象了。每次來陪她聊天都能賺點零用錢，真開心。

順帶一提，零用錢的金額真的不大，我想大概是王太子殿下的私房錢，所以也沒有怨言。反正我不討厭跟蕾蒂希亞聊天，也覺得最近和她變得親密許多。

「真是巧遇呢。」

「妳要去找蕾蒂希亞吧？快點去。」

「討厭啦，你這冷淡的一面也好棒喔——！」

「…………」

他露出彷彿看見怪物的眼神看我。喂，未免太沒禮貌了吧。

不過我不會因為這點小事而挫折，我可是有精神強大不輸給任何人的自信。如果精神不夠強大，在養父欠下鉅額負債時我早已嚇死了。

「納提爾大人是來見王太子殿下的嗎～？」

「嘖！」

只是問他有什麼事，就被他咂嘴了。

他就這樣什麼也沒回答，大步流星地前行。我慌慌張張地追了上去。

「納、納提爾大人——！請您等等呀——！」

我朝他背後大喊，他便停下腳步。

「妳啊……不要那樣說話。」

「啊，不好意思。」

聽見他極為認真的語氣，我豎直背脊，也不禁收起自己語尾撒嬌的語氣。看來他似乎不喜歡我的說話方式。

「妳應該不是用這種方式說話才對。」

也是啦，畢竟這是我為了賣弄風情而創造出來的人設。如果不加以意識，便無法用這種方式說話。

「聽好了——」

納提爾突然逼近我，抓住我的肩膀探頭看我。這傢伙會不會太常動不動就抓住我了啊？

「以前的妳不用這種方式說話。明白了嗎？」

「明、明白了……」

我和你認識的時間沒久到可以用「以前」耶。

儘管滿頭問號，我仍舊點點頭。納提爾似乎對此感到滿意，之後便離去了。

親近作戰大失敗。

◇◇◇

因為一次、兩次不成功而沮喪就輸了！

「所以說，我今天也來見你了！」

「回去。」

立刻就收到他要我滾回家的命令了。

他好像不喜歡我先前那樣的說話方式，所以我換回原本的說話方式了。

他也知道我沒裝模作樣時的樣子，當然會不喜歡吧！

「你哪裡不喜歡？我盡可能改，你說說看啊。」

「回去。」

他的回應沒有改變。

可是，即使我突擊上門，他依舊迎我進家門，所以我只要努力一點就有機會吧？不積極點可不行。

「看，要是和我結婚，就能盡情揉捏我的胸部喔。」

「妳自己說出這種話不覺得可悲嗎？」

當然覺得可悲啊！

如果可以，我也不想作出這等不知廉恥的言行！

「我也沒辦法啊！因為這副肉體是我唯一的武器！」

「真是可悲的傢伙……」

被他同情了。

住口，這種話最傷人。直接怒罵我一句「蕩婦！」還來得更好，拜託住口。

「那腿呢？摸我的腿摸到你高興為止啊！」

「喂，這裡有個變態女！把她捻出去！」

「啊，等等，對不起，別讓管家趕我出去等等等等！」

我對著被他呼喚而來的管家，舉高雙手表示我無害。管家看看我，又看看納提爾的臉思索。他大概找出自己的答案，發出「啪」的聲響拍了一下手。

「啊，我明白了！她是納提爾少爺的女人對吧？」

「你被開除了。」

「太殘忍了！」

豎起小拇指說「女人」、看起來年齡與我相差無幾的管家發出悲痛的聲音對主子道歉。

「我要是被趕出去就活不下去了啊——！少爺！求您饒命！」

「囉嗦，別叫我少爺。」

「因為我已經喊習慣了嘛。啊，只要把這個人趕出去就好了吧！」

或許以為如此一來便能無罪釋放，管家突然轉過頭來看我。

在我想著「管家對主子擺出這種沒大沒小的態度真的可以嗎？」以及「沒想到納提爾竟容許他如此」時，我的動作慢了一步。

管家輕而易舉就將我扛上肩，把我丟在大門前。

「喂！別隨意亂丟人啊！」

即使我抗議，回到門前固定位置的管家依然若無其事地吹著口哨。

納提爾的個性已經很糟了，但是這管家也不惶多讓……！

納提爾規矩有禮地站在被趕出來的我面前，用打從心底瞧不起我的表情說：

「喂，別做這種沒用的事。下次再來，我就告訴妳父母。」

「啊，別告訴我父母，拜託你。」

我真心將額頭貼在地面懇求。

唯獨不能告訴我父母。因為我的養父母不會罵我，反而會覺得讓我吃苦而哭泣。

「哼，那麼妳暫時會安分了吧。」

搬出我的養父母來，我也只能退縮了。

我心不甘情不願走上歸途，發現自己出乎想像地深受打擊。

我的心靈或許意外地脆弱，感覺有點挫折。

可是我還不能就此放棄！

「父親、母親，布莉安娜辦得到！」

我猛烈地燃燒鬥志，毫無察覺路過的行人覺得我是個奇怪的人。

◇◇◇

「布可愛，好久不見——！」

顧著追納提爾的關係稍微空了一段時間，所以一到王城拜訪蕾蒂希亞，她立刻便指示侍女瑪莉亞拿出大量點心來。

……她先前不是說自己變胖了嗎？

儘管我這樣想著，卻沒有說出口，拿起點心吃了起來。真不愧是皇家御用高級西點店的餅乾，酥脆的口感搭配溼潤的奶油風味，讓人停不下手。蕾蒂希亞眼神怨恨地看著一口接著一口的我。

「竟然在煩惱變胖的我面前吃這麼多餅乾……妳在找碴嗎？」

「這明明是妳準備的吧！」

眼前堆成小山高的餅乾分明是蕾蒂希亞準備的，她未免太不講理了。

「是這樣沒錯啦……」

蕾蒂希亞看向我正在享用的餅乾小山，支支吾吾地說。

……蕾蒂希亞果然很在意變胖的事，只她坐立不安地想要伸手拿餅乾也忍著。

「說到底，都是這裡的點心太好吃的錯。妳不覺得嗎？」

「不覺得。因為我不會變胖。」

「還真好耶！只會長胸的人！和長肚子的我不一樣！」

我似乎踩到什麼地雷了。蕾蒂希亞大概自暴自棄起來，吃了一片餅乾。下一秒，原本憤怒上揚的眉尾些微下彎。她也太好懂了吧。

王太子殿下大概就喜歡她這一點吧——我邊想邊喝瑪莉亞為我泡的茶。啊啊，高級茶葉好好喝……

「那麼，妳最近為什麼都沒有來呢？」

吃下餅乾稍微冷靜點的蕾蒂希亞開口問。

「沒有啦，要還債還有雜七雜八的事，另外還想著要怎麼樣讓納提爾和我結婚，忙著積極進攻。」

「什麼！妳還沒放棄我哥哥嗎！」

蕾蒂希亞驚呼。

「喂，妳啊……第一次逃跑時不是說要讓我和納提爾結婚嗎！完全沒辦到耶！」

「唉呀，我怎麼可能有那種權力呢？就那個啦，信口開河啦！」

看見她昂首挺胸地說，就讓我加倍憤怒。

大概知道多少惹我不開心了，蕾蒂希亞又追加餅乾。算了，既然她願意拿餅乾進貢，我就原諒她吧。

我又吃了一口，蕾蒂希亞見我冷靜之後開口：

「不過妳真的覺得我哥哥好嗎？讓我以妹妹的立場來說不太推薦耶？他個性很差喔？」

被親生妹妹說個性很差的納提爾。

個性確實感覺不太好。不過對我來說，這點只是其次。

「生長在富裕家庭的妳可能不懂，但這世上最重要的就是錢。」

「真討厭，瑪莉亞，快把耳朵摀起來。這個有病的女人說了不能說的話。」

說我有病也太沒禮貌。我只是有點累了。

「妳才是，也差不多該放棄掙扎結婚了吧？」

「不要，我還要逃。」

蕾蒂希亞在我們實施捕獲作戰時順利被王太子殿下抓住，之後就這樣住在王城的一間房裡，直到結婚前都不能外出。不過她三不五時就落跑，把王城搞得雞飛狗跳。

我決定不對不肯放棄、還滿心想要逃跑的蕾蒂希亞說，再過幾天就是她的結婚典禮了。

◇◇◇

就這樣來到蕾蒂希亞的結婚典禮。

蕾蒂希亞說來說去還是想要逃跑，但最後仍反手擁抱王子，是場很幸福的結婚典禮。

——有人愛真好。

雖然我精明地在結婚典禮上確保了納提爾身邊的位置，這當然並非他本人如此要求，只是我厚臉皮霸占而已。

「真是場好婚禮呢。」

我在不停歇的歡呼聲中對納提爾說。

「是啊。」

納提爾這麼回答，臉上帶著溫和的表情。

——雖然他擺出無所謂的樣子，還是很開心妹妹幸福吧。他們兄妹兩人都很不坦率。

「納提爾大人。」

「我說過多少次了，別喊我大人。」

「啊，對不起。」

納提爾似乎不喜歡我用敬語和敬稱對他說話，對我說過好幾次別這樣做。

因為在公眾場合，我認為起碼要加上敬稱，可是他似乎很不滿。

「幹嘛？」

「你沒有也想要結婚的念頭嗎？」

「沒有。」

立刻就遭到否定。

這男人難道沒有被氣氛影響這種事嗎？

「不過應該有『看起來好幸福，真好耶』的想法吧？」

「現在不需要。」

他態度冷淡聊不下去。也是啦，有地位的男人不需要焦急，但女人的適婚期極其短暫。所以說我現在非常焦急、無比焦急。還債期限也迫在眉睫。

「那個，那……」

儘管有點難說出口，臉皮不厚就活不下去。我如此一想，下定決心開口：

「有沒有那種，能一口氣拿一大筆錢出來的年輕有錢人可以介紹——」

「嗄？」

「啊，對不起，非常不好意思。」

他回以低沉的威嚇聲，我反射性地道歉。納提爾的視線仍注視著前方。

我太厚臉皮了吧……

我想著與其讓他繼續被我糾纏，不如請人面廣的他替我介紹而提議，但似乎行不通。

如此一來，我果然只能在現在最有可能性的納提爾身上孤注一擲了。

幸好我是納提爾妹妹蕾蒂希亞的朋友，有機會見到他。

——父親、母親，我會解決債務，讓你們看見我結婚，為你們盡孝道！

我看著身穿白紗的蕾蒂希亞握緊拳頭。

◇◇◇

——我也曾有段時期如此想著呢。

我在那之後仍百折不撓地追求納提爾，去他家好幾次也沒能見到他就被趕走，持續過著這種生活。他大概避著我，我在王城也沒見到他，毫無斬獲。

可是，我還得顧及還債期限，不能一直把心思放在納提爾一人身上。

我放棄把全副心思放在納提爾身上的念頭，決定勤勞地參加晚宴。

然而最後我仍然沒有找到適當的對象，直到了現在。

在那之後我和蕾蒂希亞的關係變得很好，但和納提爾本人則沒有任何進展。

所以，縱然我對接到邀請充滿疑問，晚宴是重要的邂逅場所。

我答應邀約，今天是道曼公爵家主辦的晚宴當天。

「您是布莉安娜小姐對吧？請跟我來。」

接待人員如此對我說，告訴我要前往不同於其他與會者的地方，還找人領我過去。

咦？一般來說，應該會直接領我前往會場才對啊？

儘管感到困惑，由於我不想引起騷動、惹人注目，便乖順地跟著走了。一來到離晚宴會場一段距離的房前，領我來的人只留下一句「就是這裡」，便離去了。

這是要我自己進去的意思嗎？為什麼不替我開門……

我感到不滿，同時戰戰兢兢地打開門，有位男性站在裡頭。

他是本次晚宴主辦者的公子，道曼公爵的嫡子——納提爾．道曼。

看著我的他，表情瞬間變得很不高興。

「給我敲門。」

雖然他說得再正確不過，擅自把人找來沒這麼說話的吧？

他不理會氣得嘟起嘴來的我又繼續說：

「妳胸部太大了。」

聽到這句話，就連我也不禁驚呼：

「什、什麼？」

「如此坦露大胸部太下流了。來人。」

納提爾一出聲呼喚，傭人立刻遞出披肩。

「把這個披在肩上。真是的，不知廉恥的女人。」

「我、我才沒有不知廉恥！」

儘管我出聲抗議，因為有點冷，我便乖乖披上披肩。披肩布料相當高級，我想今後應該沒有機會接觸這種布料，於是摸揉了好幾次。

「好，走吧。」

「咦？上哪裡去？」

滿意地看我披上披肩的男人逕自邁開腳步，我慌慌張張地追了上去。

「妳問哪裡……今天是晚宴吧？」

「這個我知道啦！」

「要去晚宴會場。」

「咦？」

就這樣直接去晚宴會場？

等等等等，這表示……？

「這是你要我陪同你出席晚宴的意思嗎？」

「沒錯。」

他說「沒錯」！不是「沒錯」吧！

「不行！我得要找結婚對象才行！」

「去找不就得了？」

「身為你的同行者，站在你身邊？辦不到吧！」

「那妳就只能放棄了。」

他滿不在乎地說。我可是如文字所示「拚命」參加每次的晚宴耶！

我停下腳步展現拒絕之意，他抓住我的右手強硬地拉著我走。

「身邊的人囉嗦著要我快點定下來。我會給妳酬勞，所以妳乖一點。」

「不行！不行！就算拿我當擋箭牌我的身分太低了配不上你我覺得你別找我比較好！」

「很遺憾，我的雙親是不計較身分的戀愛至上主義者，所以足夠蒙混過去。」

「你騙人——！」

雖然我持續抵抗，一轉眼就抵達會場前了。

「妳難以想像是先前襲擊我的女人耶。」

「因為我那時想著只要創造出既成事實就總會有辦法嘛！」

我現在當然沒有這種想法。我只想和麻煩事保持距離。

納提爾明明知道我的想法，卻揚起嘴角。

「太好了，這樣一來大家都會認為妳是我的對象了。」

「我不要──！」

即使我大叫拒絕，我們終歸是男與女，輕而易舉便分出勝負。

晚宴會場的門慢慢打開，與人們散發的熱氣成反比，我臉上的血色退去。

我身旁可謂美男子的男人揚嘴微笑。

◇◇◇

我絕對、絕對不再追著男人跑，然後被人抓住小辮子。

我如此下定決心，和納提爾一起穿過房門。

門後是不禁令我感覺，我過去參加的晚宴不過是扮家家酒的優雅世界。

欠債男爵的女兒能參加的晚宴頂多只有那種程度。

這個情況使我不禁自嘲，可是納提爾自然地踩我一腳，分散了我的注意力。話說回來，再怎麼說我也是千金小姐，故意踩我的腳是怎樣啦！

我不由得確認一旁陪同我的男子。他臉上露出溫和的微笑，完全無法想像是剛才那個強硬拉我作陪，一肚子壞水的男人。

我這才想起來，這傢伙是工作能力高招的男人啊！

正當我感到不甘心時，環在我腰上的手捏了我的側腹一把。這是要我好好做的意思嗎？是要我好好做的意思吧！

我努力放鬆緊繃的臉頰，露出最努力的笑容。

看來似乎及格了，捏我的指頭放鬆力量。

慢慢前進後人們朝我們聚集。再怎麼說他都是今天主辦者的公子，需要打個招呼才行。

「納提爾大人，今天非常感謝您的邀請。」

「您今天的打扮也如此英挺……」

「請問您還記得我嗎？」

納提爾得心應手地應對接連上前的賓客，真不愧是大貴族，和臉頰已經快要開始抽筋的我大相逕庭。

單身貴族也陸續前來打招呼。啊啊，太浪費了。我自己一個人時明明不會有這麼多人靠近啊！

面對齊聚高級晚宴，將來大有可為的單身貴族們，我卻不能主動開口聊天，真是太扼腕了。我臉帶微笑，心中淚流不止。

「話說回來，這位是？」

來了！

我身體輕顫，納提爾用眼神示意我自我介紹。

「您好，初次見面。我是拉里奎爾男爵之女，名叫布莉安娜。」

我聽說這是場不計較身分地位的晚宴，因此以輕禮致意。如此豪華卻堅持輕鬆派對這點太厲害，對高等貴族來說肯定感到不滿足吧。

眼前自稱伯爵的男性立刻轉頭向納提爾說：

「哎呀，您在哪裡找到如此美麗的女性呢？」

「是我妹妹介紹的。」

「哦！那位王太子妃殿下介紹的啊！」

伯爵驚嘆。從他的音調清楚可知，他心中的王太子妃形象與我認識的王太子妃相差甚遠。你尊敬的那位王太子妃殿下，昨天可是精神充沛地爬上樹喔。

「那麼，我們去向父親打招呼吧。」

納提爾舉止周到地護著我離開人群。

「……父親？」

我重複令我在意的單字。納提爾露出前一刻還不曾展露、帶有嘲諷的笑容：

「我的父親和母親是今日晚宴的主辦者，理所應當向他們打招呼吧？」

確實不需要刻意忽視在場的父母，但我有不好的預感，掙扎著想要和納提爾保持距離，卻被他有力的臂膀扣住而無法逃脫。

我們逐步朝納提爾父母所在的地方靠近，我的身體感到恐懼。我不想見他們。

可是我的願望當然沒有實現，走到看不出是納提爾雙親，看起來相當和善的夫妻面前。

由於他們的氛圍相差甚劇，我看著納提爾，懷疑他是外面偷生的。大概是我的心思全寫在臉上，納提爾瞪了我一眼。

「納提爾，好久沒看見你了呢。」

應該是他母親的人物語氣溫和地和納提爾攀談。

「母親，看您一切安好真是太好了。」

納提爾滿臉爽朗的笑容。他在雙親面前裝模作樣嗎？裝作好孩子嗎？

他似乎看穿我在想什麼，踩了我一腳。可以別踩淑女的腳嗎！

「自從被你趕出去之後，就沒什麼機會見面……嗚嗚……蕾蒂……」

他的父親哭了。看來他在父母面前沒有裝模作樣，只是因為身邊有外人，臉皮厚了一點而已。

「蕾蒂希亞結婚後過得很幸福喔。」

「嗚嗚……我原本打算留她久一點，要多多疼愛她啊……」

哭哭啼啼的父親和納提爾，他們兩人氣質相差太多，完全看不出是父子。

從父親所說的話來思考，納提爾似乎為了讓妹妹和王族結婚，連父母都當阻礙掃蕩了。他的性格真的有夠糟糕。

我看著哭泣的父親和納提爾，對父親深感同情，注意到我的母親歪著頭問：

「這位漂亮的小姐是誰啊？」

即使是場面話，被人說「漂亮」也不會感到不愉快。我微微一笑後行禮說：

「我是拉里奎爾男爵之女，名叫布莉安娜。今天陪同令公子前來參加晚宴，還請您多多指教。」

我這句話包含了「我只是今晚陪同他參加晚宴，除此之外沒有任何關係」的意思，納提爾母親聽懂我的話中之意笑彎了眼。

「我是納提爾的母親，名叫雪莉。老公，你快別在晚宴上哭泣，太丟人了。」

「嗚嗚嗚……我是卡提斯……請多指教……」

在雪莉夫人的催促下，卡提斯公爵邊哭邊向我致意。

當我以為這樣就大功告成而鬆了一口氣時，納提爾頂著燦爛的笑容丟下一顆炸彈。

「她是我的未婚妻。」

我嚇傻了呆呆張開嘴。雪莉夫人露出傷腦筋的微笑發出一聲「唉呀」，而卡提斯公爵不知為何哭得更凶了。

會場頓時悄然無聲，下個瞬間關注著我們的動態的千金小姐們發出悲鳴。

◇◇◇

原本明明只是陪同他參加晚宴而已，才一個晚上，我是納提爾・道曼下任公爵未婚妻的事情就已經傳遍上流社會。

「這是怎麼一回事！」

即使我用力朝桌上一搥，納提爾也不為所動。

這裡是道曼公爵邸中納提爾的房間，他在晚宴過後把我帶來這裡。我在腹地與奢華皆勝過我居住的男爵家好幾倍的此處與納提爾對峙。

「妳問我怎麼一回事，我一開始不是說了嗎？身邊的人囉嗦著要我快點定下來。」

「但是你也說了我只是擋箭牌……！」

「我一句話也沒這麼說過喔？」

他確實沒明確表示，這堵得我啞口無言。原來如此，這也就代表我被他騙了。

被騙了一次沒學乖，還被騙第二次，我對自己感到丟臉。

「卑鄙……」

「隨妳怎麼說。」

我好想揍這一臉無所謂的男人，但我努力忍了下來。

「頂多只是假裝。我會好好珍惜妳這位假扮的未婚妻。」

就算用那種壞人笑容對我笑，我也完全無法接受。

「所以說，我沒空陪你胡鬧！」

要是我陪他玩一如字面意思的「單身貴族的遊戲」，我會錯過適婚期，然後我們家就要破產了。

「這對妳來說也不是壞事。」

納提爾彷彿看穿我的心思，哼聲一笑。

「我說過會給妳酬勞吧？」

參加晚宴前他確實答應我，只要陪他就會給我酬勞。

「我替妳還清妳家的債務吧。」

我嚇得睜大眼。

我想他應該知道我家負債的事情，但他說要替我還清？

我顫抖著聲音回應如此誇張的提議：

「你、你……你知道我家有多少債務嗎……？」

「六千萬里盧對吧？雖然不便宜，卻也不是拿不出來的金額。」

納提爾聳聳肩。

「話說回來，到底做了什麼才能背上這麼大一筆債務啊？」

「因、因為我父親人太好了啦！」

人太好，隨隨便便就被騙了。可是他是我最喜歡的父親，我不想讓他被人瞧不起。

納提爾說不是拿不出來的金額，不過那是平民工作一輩子也還不起十分之一的金額，他卻爽快地說要替我還這麼大一筆錢。

「這樣……根本不值得吧？」

「值不值得由我決定。」

他斬釘截鐵地直言。

「我拿錢出來交換妳成為我的未婚妻，妳能守住即將面臨破產的家。我們彼此利害一致，沒有怨言吧？」

沒有。完全沒有。甚至可以說令我萬分感激也謝不完。只不過，我不認為納提爾有必要做到這種程度。

即使我直盯著他瞧，這在他心中似乎已經定案，完全不理會我的反應。

儘管心中有些許不理解，這對我來說再好不過。

「謝謝你……」

我道謝後，納提爾露出滿意的笑容。

「可是我成為你的未婚妻之後，你短時間內沒辦法結婚耶，這樣沒關係嗎？」

經我一問，納提爾皺起眉頭，彷彿在表示別問這種廢話。

「我還不結婚。」

他邊說邊別開視線。

「現在不是時機。」

他大概還想當單身貴族一陣子吧。

而我現在正值適婚年齡，假如假扮他未婚妻的時間拉太長，可能會很難結婚。

可是果然還是家裡不會破產更重要。

父親、母親，對不起。我或許沒辦法讓你們看見我生下的孩子，但是到時我會領養小孩！可以看見養孫！

「啊啊，除此之外，蕾蒂希亞帶走我家一個優秀的侍女，我家現在人手不足。」

到底怎麼樣才能用「除此之外」把這兩件事連接在一起呢？

「喔，這樣啊？」

「那個侍女相當優秀，不僅蕾蒂希亞身邊的大小事，還負責打掃等女僕的工作。」

啊，我好像知道接下來的發展了。

「對不起，我父母會擔心我，我差不多該告辭……」

當我起身打算離席時，他拉住我的手讓我坐回椅子上。啊啊，拜託你千萬別開口！

「妳在妳家裡也會做女僕的工作對吧？」

「你為什麼會知道……」

「怎麼說都是要當未婚妻的人，我當然會調查。」

可是我不怎麼清楚你的事情耶……

儘管對於他擅自調查我感到些許不悅，我仍舊等著他說下一句話。

「妳願意當女僕吧？」

「我不願意耶？」

他握住我手臂的力道加重幾分。

「妳、願、意、吧？」

「我、不、願、意！」

想逃跑的我起身努力要抽出自己的手，但他絲毫不願放鬆力道。這傢伙，再怎麼樣也是少女的手耶，怎麼可以這麼用力握住啊！

「我就說不願意了！我都當你未婚妻了，這樣就可以了吧！」

「最好這樣就可以了。這樣一來就正如妳所說的不值得了。」

他果然認為只當未婚妻不值得花那一大筆錢！

「我替妳還債的條件，就是在妳扮演我未婚妻的這段時間內，也要在我家當女僕。如果不願意，就當作沒這回事嘍？」

「唔……」

不可能讓他當作沒這回事。

我從站姿不甘願地重新坐好，用我生平最低沉的聲音回答：「我願意。」

納提爾滿意地看著我點點頭。

「很好，就這麼定了。」

我可是有點不太情願耶……

在我悶不作聲時，納提爾丟了一塊布過來蓋住我的頭。

「喂……！」

「妳去換這件衣服。」

他打斷我的抗議聲。我以為是布的東西其實是衣服。而且還是以黑白為主的女僕裝。

「……你真的打算要我當女僕啊……」

「我不是才剛這麼說完嗎？」

我心不甘情不願地把女僕裝抱在胸前。

「我該去哪裡換衣服呢？」

「妳用出房間後右手邊那間房吧。」

我帶著女僕裝走出房間，照他的指示走進右邊房間。裡面有床鋪、桌子、單人椅和小衣櫃，看起來像傭人的房間，不過相當寬敞，幾乎可說和隔壁納提爾的房間差不多大小。

「總覺得有點怪……」

一般來說傭人會用更小的房間，而且和主人房間離得很遠才對，有可能就住在隔壁嗎？

算了，仔細計較起來會沒完沒了，我甩甩頭攤開女僕裝。

「什麼……」

我得知女僕裝全貌，變得啞口無言。那、那傢伙……！

我走出房間回去找納提爾。

「喂，這是什麼啦！」

納提爾看見我拿著女僕裝折返，咂嘴一聲。

「嘖！妳沒穿啊？」

「這不是當然的嗎！」

我紅著一張臉怒吼。我手上拿著使用大量蕾絲製作的女僕裝，裙子長度相當短。穿上之後只要稍微彎身，肯定就看得見內褲。

很明顯不是工作用的衣服。

「你要我穿這種衣服工作嗎？這是什麼性騷擾啊！」

「哎呀，我只是稍微想看妳穿一次而已。」

「你打算讓我穿上後嘲笑我對吧？惡劣！」

這套女僕裝非常可愛。由清純少女來穿肯定能療癒人心。

非常不可思議的，穿在我身上就會立刻大為轉變，這套衣服的優點消失得無影無蹤。

也就是完全不適合我。這不適合身材凹凸有致的人來穿。

「這是妳自己賣的衣服吧？」

「唔！」

沒錯，說起為什麼我對這套女僕裝如此熟悉，這是我為了還利息而販售的商品之一，而且還相當熱賣。

「這不是實用取向的衣服啦……」

我邊說邊把女僕裝還回去。

「這樣啊……真遺憾……」

遺憾什麼？

「拿去，那妳穿這套吧。這套就沒問題了吧？」

他又拿另外一套女僕裝給我。我這次在離開房間前確認款式，還把衣服翻過來確認了，不過看來看去都是普通的女僕裝。

我鬆了一口氣抱著女僕裝走出房間，走進隔壁房間脫下禮服換上女僕裝。鈕釦確實扣到最上面，尺寸看來也沒問題，我放心了。

「有時候就只有胸部塞不進去耶。」

我自言自語外人不太能理解的辛勞，回到納提爾身邊。

「非常完美呢！」

「是啊。」

納提爾從頭到腳徹底審視換好衣服的我。

「正好合身啊……」

「什麼？」

他的聲音透露出些許遺憾。雖然我沒聽清楚內容而回問，他卻搖頭說「沒什麼」。

「再來是房間。妳就住妳剛才換衣服的房間吧。」

「啊，果然沒錯。我就覺得那是臨時整理出來的傭人房。」

對比寬敞房間過於簡樸的家具。大小也不合適，很不搭調。看起來是把傭人用的家具擺進不是傭人房的房裡。

「咦？不過我住你隔壁好嗎？」

「喔，沒有問題。」

納提爾坐在椅子上滿意地笑著。

「這樣對我來說比較方便。」

我對這邪笑的男人只有不好的預感。到目前為止我的預感百發百中。

「要請妳從今天起住在這裡。」

「……什麼？」

我無法理解他說什麼而歪頭，納提爾無奈地搖了搖頭。

「我要妳住在這邊工作，聽不懂嗎？」

「什麼？住在這邊？我沒聽說耶！」

「我現在說了。」

相較於大聲抗議的我，說話的本人一臉無關緊要。

不對，我的確感到奇怪。房內的床鋪就小睡來說太豪華了，還有備齊一些衣物的衣櫃，

我也想著這狀況對通勤上班來說有點怪。

「可是我還得照顧我的養父母……」

畢竟我家的傭人已經全部都辭退了……

雖然養母稍微有辦法做家務了，不習慣再加上年紀已長，我無法把家裡交給她，住在這裡工作。

「沒問題，妳放心吧。」

納提爾對展露不安的我說：

「我送了一個傭人到妳家去了。」

「什麼……？」

就算送傭人到我家，我也無法支付對方薪水耶？

「原本是我家的傭人，薪水由我來付。」

「……不對，原本就少一個勞動力了，又繼續減少是怎麼回事？」

我認為我的疑問非常合理。他用人力不足的理由要我工作，但結果只是讓我和傭人交換而已，勞動人口沒有改變。反而可以說在不習慣的地方工作會削減勞動力，只是增加納提爾的支出而已。

「妳還不懂嗎？」

納提爾又哼聲嘲笑我。

「我在故意找妳不痛快。」

……什麼？

「咦？什麼？只是為了找我不痛快而要我當女僕嗎？」

「沒錯。」

「只是為了找我不痛快？」

「沒錯。」

「只是為了找我不痛快，還特地替我準備房間嗎？」

「我已經說了沒錯。」

納提爾對反覆確認的我表露些許不耐煩。

話說回來，如果真的是因為這種理由——

「你的個性未免太惡劣了吧！」

「我知道。」

納提爾毫不在意我痛罵他，遞給我一疊紙張。

「這是什麼？」

「上面寫著妳從明天開始負責的工作，以及在這個家中要怎麼過。有問題明天問，妳今天就洗澡睡覺吧。」

這麼說完，他推著我的背，把我趕出他的房間。

原本作好覺悟從今天起被澈底使喚的我有點驚訝，但他說我可以休息，所以我回到他給我的房間。

如果不工作，那今天繼續穿女僕裝也沒意義，我打開衣櫃想要換衣服。

「啊，發現家居服了。」

發現看起來很好活動的簡單連身裙，我立刻脫下女僕裝換上。

「衣櫃裡還有……」

兩件相同款式的連身裙、兩套換穿用的女僕裝，以及他不知如何調查、有幾件符合我尺寸的貼身衣物。

然後——

我戒慎恐懼地拿出那個。

「連、連身睡衣……」

而且還是若隱若現的款式。

我把連身睡衣丟到地板上。可惡，竟然在小地方找麻煩！

「那、那個混帳傢伙！」

我感覺隔壁房間傳來了笑聲。

◇◇◇

「納提爾人人！請起床！」

為了完成寫在紙上的第一個工作，我邊敲納提爾的房門邊呼喊他，卻沒有反應。

嗯～紙上沒寫該怎麼叫醒他耶，我可以進房嗎？

可是突然進他房間，很可能會惹得他不開心。我又敲了一次房門。

「納提爾大人——！早上了——！」

我「咚咚咚」地敲著門。當我想著他可能是低血壓時，裡頭傳來聲音。然而隔著一扇門聽不清楚，我便把耳朵貼在門上。

「妳不靠近點叫，我不會起床。」

你是小孩子嗎！

「納提爾大人！」

我照他本人所說，為了靠近他大喊而闖進房間。

「唔……」

看見沐浴在朝陽下的納提爾，我一瞬間語塞。

因為他個性太糟，使得我完全忘了，這傢伙的外表超級俊美啊！

接受燦爛陽光照耀的臉使我不小心看得著迷。

或許因為他不是穿著平常一絲不苟的服裝而是睡衣，他莫名不設防的模樣甚至讓我從中感覺到一絲性感。

啊，睫毛好長……我如此想著，不禁把臉靠得太近，慌忙地拉開。好險、好險！

就在我拉開的瞬間，感覺聽見了咂嘴聲，不過肯定是我聽錯了。

我拚命告訴自己。

——這傢伙的個性超級糟超級糟超級糟超級糟……很好，看起來只是個惡魔了！

「納提爾大人！請起床！」

我在他耳邊大喊，他微微動了一下，但是沒睜開眼睛。

「你根本已經醒了吧！剛剛不是還說話了嗎！」

「嘖！」

「下次更性感地喊我起床。」

納提爾十分厭惡地睜開眼，掀開毛毯坐起身。

「什麼？」

這傢伙在說什麼啊！

「我不提供這種服務！快，請快點起床！」

「喂，好好說話。」

「咦？啊啊，不好意思，我不小心疏忽了。」

「不是這樣。」

一個不小心就粗魯說話了，我慌慌張張地修正。可是納提爾似乎不是在說敬語的部分。

「普通點說話。」

「咦？不過我基本上是女僕，說敬語比較……」

「普通點說話。」

「我、我知道了啦，你別動不動就抓住我的肩膀恐嚇我啦！」

這大概是他有話想說時的習慣。我甩開納提爾抓住我肩膀的手。

「也別加大人。」

「咦？但是……」

「知道了嗎？」

「知道了、知道了！」

再次被抓住肩膀，使得我立刻回應。納提爾大概是滿意了，他走下床鋪。

「喂。」

「幹嘛？」

「換衣服。」

唔……真的要做嗎……

他指的是昨天拿到的紙上寫的工作之一，要我「幫忙換衣服」吧。

「欸，這個工作請管家來幫你，我去做熟悉的打掃比較好吧？」

「換衣服。」

他充耳不聞。

我不情願地把準備好的衣服交給納提爾，他露出疑惑的表情。

「幹嘛啦？」

我不懂他表情的意思而回問。

「幫我脫。」

「什麼？」

「幫忙換衣服不是把衣服交給我，而是要幫我脫衣、幫我穿衣。」

幫他脫衣、幫他穿衣。

眼前這男人是這樣說的嗎？

我是未婚的千金小姐，當然沒有幫忙異性更換衣服的經驗。而這個男人，居然要我幫忙他換衣服嗎？

我昂首挺胸，努力不讓他察覺到我的驚慌。

「你不會自己脫、自己穿嗎？跟孩子沒兩樣。」

「妳想要藉由惹怒我來逃脫也沒用。動作快。」

他看穿我的心思了。

我似乎無路可逃，只好慢慢接近納提爾，把手伸向他身上衣服的鈕釦。

「……你要不要還是自己換之類的。」

「不要。」

「我想也是……」

嗚嗚……除了養父大人以外，我沒見過其他男人的裸體耶……

咦？等等，別看到不就得了？

「……妳在幹嘛？」

「我在想有沒有辦法閉眼幫你換衣服。」

「妳完全沒做到喔。」

「我想也是……」

事與願違。

我作好覺悟睜開眼。

「我、我要動手了喔。」

「好。」

我嚥了嚥口水，手指微微顫抖著碰觸鈕釦。自己換衣服時明明很冷靜，現在心臟好痛。

「快一點。」

「我、我知道啦。」

手指顫抖沒辦法做好，花上替自己換衣服好幾倍的時間才把鈕釦解開。

要換衣服光解開衣釦還不能結束。想把衣服從納提爾手上拉下來時，即使動作輕微也無法避免身體貼近。唔，碰到胸部了啦。

「因公得利……」

「什麼？」

「不，什麼也沒有。」

納提爾低語說了什麼，但我緊張得沒聽清楚。儘管我緊張得急促喘息，好不容易才把衣服脫下來。

「……喂，妳為什麼又閉上眼睛啊？」

「因、因為你裸身了啊！」

「我下半身有穿。」

「我不是這個意思！」

「不過妳不睜開眼睛替我穿上衣，我也很傷腦筋。」

我不甘願地睜開緊閉的雙眼。

我從未看過同齡男性的裸體，所以這是我第一次看見男性裸露上半身。

一絲不掛的上半身有著恰到好處的肌肉，讓人感受到他的男子氣概。肩膀也寬，和我完全不同。

——明明是男性卻好性感……

大概是因為剛睡醒，在納提爾慵懶的氣息加乘下，創造出一股妖豔感。

「怎麼了？」

「唔、唔唔……」

納提爾明明看出我的心慌卻提問，真是太壞心了。我不知該如何忍住臉上紅潮，只能繼續替他穿上襯衫。

「比平常花上好幾倍的時間耶。」

「那你別讓我來做不就得了……」

「不要。」

他輕而易舉便駁回我真心的願望。

「下面我自己換。」

「那你上面也自己換不就……呀——！你別在我面前脫啦——！」

宛如當我不存在，納提爾大大方方地脫掉睡褲。

「幹嘛，看得這麼認真。」

「我、我才沒有認真看……你別這樣靠近我啦！」

「因為妳的反應太有趣了，我就讓妳看仔細點。」

「不需要、不需要！呀——！」

納提爾就像要把我逼入角落一般漸漸朝我逼近。我往後退想要逃開，卻被他一路逼到床舖旁。

「你、你快點去工作啊！」

「晚一點去也無所謂。」

「不可以！」

正當我們兩人在互相攻防時，房門被人打了開來。

「少爺！您要在房裡待到什麼時候……啊……」

敞開的房門另一頭，站著我曾見過的年輕管家。

他語尾失聲、不知所措，但突然換上一臉不懷好意的笑容。

我這時才掌握自己現在的狀況。

被推倒在床上，紅著一張臉的我。把我推倒在床上，只穿著貼身衣物的納提爾。

「不、不是！」

「什麼嘛——！她果～～然是少爺的女人嘛——！一大早就這麼火熱。」

看見他豎起小指表示女人，我盡全力搖頭否認。

「這、這是誤會啦——！」

◇◇◇

累、累死我了……

我順利送納提爾出門，筋疲力盡地癱在椅子上。

「以後每天都要這樣嗎……」

連想也不願想。

「哎呀～我還以為少爺喜歡清純系的耶。」

咧嘴笑看著我這麼說話的人，是剛剛對我和納提爾有重大誤會的管家。

從他現在的發言中可以得知，誤會完全沒有解開。

「所以我說了，不是那麼一回事啦。」

「沒關係、沒關係！我懂啦！」

管家伸手制止我，但他絕對沒搞懂。

「庶民與貴族的身分差距之戀……好讓人興奮耶……」

而且他誤會了很多事情。

「儘管看不出來，我也是男爵千金喔。」

「什麼！看不出來！」

不可以把話說得這麼直接。

「我還以為妳和我同樣是孤兒耶～抱歉、抱歉！」

「……你是孤兒？」

我這麼一問，他便再次咧嘴一笑。

「對啊、對啊，我是孤兒！我五歲時被少爺撿回來當實習管家！」

「是喔，他看不出來會做這種事耶。」

看不出來他會做這種對自己沒有利益的事情。

「對吧！很意外吧！雖然這樣說，聽說他原本要接走另一個小孩，可是因為那個小孩已經不在了，才改為帶我走。」

「這樣啊？」

大概有極度讓他看對眼的人吧。

說著「我超幸運」的管家怎麼看都不覺得優秀。大概有什麼特長，才會代替那孩子被帶回來吧。

「不過你啊，被帶回來也已經過十年了，我說這種話可能不太禮貌，但你還是沒脫離庶民樣……」

我不知道能不能直白說而略帶含糊，也就是他看起來不像公爵家的管家。

「聽說人格在五歲時就已經定型了喔！我也有努力學習用字遣詞之類的知識，結果有天少爺說『夠了』，就維持這樣了！」

他是放棄你了。

再怎麼樣，我都把這句話往肚子裡吞了。

「他沒把你趕出去還真意外耶。」

「別看少爺那樣，他可是很重感情喔！」

目前為止我還看不出來這一點，但這位青年似乎如此感受。

「不過少爺現在似乎還沒放棄尋找他想要帶回來的那位孤兒，到現在還會問我有沒有想起什麼呢。」

「只要用公爵家的管道或撒錢去找，感覺輕而易舉就能找到啊……」

我感到很不可思議，於是管家「嘻嘻」笑了笑。

「因為少爺當時才十歲也欠缺思慮，既沒問對方叫什麼名字，也因為那家孤兒院的管理很隨便，不知道對方被哪裡收養了。」

「在這個公爵家的管理下，也有那樣的地方啊？」

「啊，不是、不是。那是少爺離家出走迷路時發現的孤兒院，不在公爵家管理之下。」

離家出走。完全看不出來他會做出那種事。

「啊，糟糕、糟糕，我得回去工作了！再見啦——！」

管家說完自己想說的話就離開了。總覺得來去如龍捲風一般，但是讓人討厭不起來。

等到他離開之後我才想到。

「我錯過機會說我也是孤兒了……」

◇◇◇

「這是怎麼回事……？」

我到門口迎接納提爾回家，接下他的行李跟著他走回房間。面對跟今天早上一樣指示我替他換衣服的男人，我戴上了那個。

「這個叫做太陽眼鏡。戴上這個，我的視野就會變暗，從你那邊也沒辦法清楚看見我的眼睛了！」

我誇獎自己這真是個漂亮的解決方法。只要有這個，就算看到裸體也應該不會跟今天早上一樣害臊。

順帶一提，這個太陽眼鏡是我原本打算賣給貴族卻失敗的商品。貴族對自己有自信，因此不需要遮掩自己臉龐的東西。

我也不能堆著大量庫存，因此我改變目標客群，針對庶民稍微做了改良。以在直射日光照射下工作的人為目標銷售之後，賣得還算不錯。

「意見駁回。」

納提爾不掩飾他的不耐，奪走我臉上的太陽眼鏡。

「啊——！你做什麼啦！」

「今後禁止妳這麼做。」

「為什麼！這明明是讓我流暢工作的必要手段！」

納提爾立刻駁回我的主張。

「我不要求妳工作流暢。我只是想看妳慌張的模樣而已。」

「低、低級！」

「隨妳怎麼說。好了，快替我換衣服。」

「嗚、嗚嗚嗚……」

我不捨地看著被收到我手長不及之處的太陽眼鏡，但它再也沒回到我手上。

我不甘願地放棄，替納提爾脫衣。

今天早上已經做過一次了，沒問題。男人的上半身才沒有什麼好害羞的！

我說服自己的心，但我的臉與我的意志相反，變得越來越紅。

不行，這不是一兩天就能習慣的事……

我對自己顫抖的手指感到非常困擾，同時抬頭看著納提爾，發現他正開心地揚著嘴角。

低級！實在有夠低級！

「好、好了，我把鈕釦解開了，你動一下手腕！」

「溫柔一點啊。」

「你可以不要用奇怪的說法說話嗎！」

這種說法明顯在戲弄我。納提爾愉悅地看著怒氣沖沖的我。

理睬他只是浪費生命，我迅速脫下納提爾身上的衣服。

「好了，我替你脫下來了，接下來穿上這個。」

「動作比今天早上還流暢，真無趣耶。」

「工作這種事只要多做幾次，效率也會隨之提升啦！」

納提爾對儘管很害臊，但沒今早那般手足無措的我感到些許不滿。

「我想要看妳心慌失措的模樣。」

「你這句話會引來別人誤會，勸你別在其他地方說這種話。」

就在我替他扣上居家服的鈕釦時，房門與今早相同被打了開來。

「我剛剛聽到猥褻的話了！」

「你看，被誤會了！」

跟上次一樣，年輕管家沒敲門便直接闖入。納提爾不悅地挑動眉頭。

「班，給我敲門。」

「不好意思！因為我以為可以看見少爺珍貴的恩愛場面嘛！」

「班！」

「對不起對不起！」

納提爾對不只多說一句還多說兩句的年輕管家顯露不耐。而我在他本人自我介紹前先得知他的名字了。話說回來，他還沒自我介紹耶！

我已經和其他傭人打完招呼了，不過和這位管家自早上一別後就沒再見面，所以還沒打招呼。

我朝年輕管家伸出手。

「儘管遲了許久，我叫做布莉安娜，基本上是男爵家的女兒。短期內會以納提爾的女僕身分在這邊工作，請多指教。」

「布莉安娜小姐是吧！我叫做班！十七歲！請多多指教！」

班露出年輕人會有的爽朗笑容回握我。納提爾就是欠缺這份無邪。

當我心情暖暖地與他握手時，手刀從上方砍下來。

斷開我們的手。

「…………」

「…………」

「…………」

我和班茫然地看著納提爾，而納提爾不知為何沉默不語。他表現出若有所思的樣子，清了清喉嚨。

「未婚女子別隨意與年輕男子牽手。」

這言論太粗魯無禮了。

「……你說別牽手……我們只是握個手而已耶……？」

「別在不必要時這麼做。」

「我認為打招呼時應該要握個手。」

「不准握。」

「我知道了啦！」

雖然實際上完全無法理解，總之先這樣說後，納提爾也接受了的樣子。班看見這個狀況點點頭說「嗯嗯嗯」，接著豎起小拇指。

「布莉安娜小姐，妳果然是少爺的女人嘛！」

「我就說了我不是！」

◇◇◇

不知不覺一轉眼就過了兩週。

在這個家工作了兩週，我已經習慣替納提爾換衣服，而他本人在三天前對我惡言相向。

工作習慣後，效率自然會變好，因此被罵是怎麼回事？

三天前，我的手不再顫抖，冷靜地幫他換衣服，卻收到他「妳應該再多點緊張感」、「對我太失禮了」等莫名其妙的怒罵。他大概相當不高興，終於就連下半身衣物都要脫掉，因此我大聲尖叫逃了出來。無法理解。

就像這樣好不容易撐到今天，我主要的工作是早上叫納提爾起床、為納提爾換衣服、送他出門、迎接他回家、打掃納提爾的房間、洗納提爾的衣服……完美地為納提爾奉獻。我只對工作內容感覺到滿滿的惡意。

不過這裡並非苛刻的勞動環境，我邊想著自己很幸運邊替換納提爾的床單。

——然而班突然來到納提爾的房間。要說幾次他才會記得敲門呢？

「布莉安娜小姐！有工作！」

「我現在進行式正在工作中耶。」

我瞪著他表示難不成想增加我的工作，他連忙搖頭表示不是。

「未婚妻的工作！妳忘記了對吧！」

忘記了！

太過習慣女僕的生活，以至於誤以為這是工作的全部，可是追根究柢，假扮納提爾的未婚妻才是整件事情的開端。

「聽說今晚有派對！妳需要準備，所以等妳做完手上的工作後，請回妳的房間喔！」

「知～道了……」

以未婚妻的身分參加派對啊……不想去……不過不去不行……

我盡可能花時間整理床單後，才回到自己的房間。雖然只是無謂的掙扎，些許的無謂掙扎應該可以獲得諒解。

我打開自己的房門，發現納提爾在房內。

「你為什麼會在這裡？」

「為了派對。」

不對，這算不上說明！根本不算說明！

我還以為會有侍女在房裡等我，沒想到竟然是納提爾在等我。他的工作呢？

「那麼來選禮服吧。該選哪個顏色呢……」

「咦？這大量的禮服是怎麼回事？」

「我事前讓人做的。」

「做這麼多！」

納提爾一副沒什麼大不了的態度，然而搬進房裡的禮服起碼有十幾套，並且也當然都是高級品。而且納提爾還說「讓人做的」，這表示這些禮服並非既成品，而是訂製品吧？

我是不是差不多該開口問他為什麼會知道我的尺寸了呢？不行，不可以，別問比較好。

「只是假扮未婚妻而已，你卻準備這麼多？太浪費錢了！」

「不浪費。會用到。」

他打算帶我參加幾次派對啊？

「這邊只有一部分，還有其他的。」

「你到底做了幾套啊！」

「只做了需要的份。」

絕對不需要那麼多！啊啊，光是這一套禮服，不知道可以讓我家過多好的生活……

等我卸下未婚妻一職時，不知道能不能把這個帶走。這是依我的尺寸訂製的，希望可以給我當退職金。等卸任時跟他談判看看好了。

「嗯，今天穿藍色的吧。」

擅自決定好禮服的納提爾，接著朝擺在桌面上的飾品伸出手。這些當然也是頂級品，全部都閃閃發亮。

「……你該不會也買了這些吧？」

「是啊，因為有需要。」

桌上擺著各種珠寶飾品，數量對我來說難以置信。

再怎麼樣也不能跟他要這些當作退職金，感覺金額很驚人，送給他未來的妻子比較好。

禮服是用我的尺寸訂製的，他的妻子應該沒辦法穿，與其丟掉倒不如送我絕對比較好。

「我無法理解有錢人花錢的方式……」

「平常不會這樣花錢。」

「誰知道啊。」

納提爾把飾品往我身上比對、挑選。

「我只是想要送給妳而已。」

納提爾出奇不意的一句話使我僵住。

別這樣！別突然說出擾動已死少女心的話！我聽不習慣甜言蜜語，一點小事都會讓我心跳加速！

納提爾看見我紅著一張臉無法動彈，大概這下才發現自己說了什麼。他把項鍊放回桌上，陷入了沉默。

好尷尬。他為什麼要停止動作呢？

納提爾擺弄攤在桌上的飾品皺起眉頭。

「我想妳應該沒見過高級品，就趁現在儘管享受吧。」

「是啊，我早就明白了！我早就明白你是這種人！」

心頭小鹿亂撞的我跟笨蛋一樣！

納提爾愉悅地看著憤慨的我，他似乎決定好搭配的飾品，於是喚來侍女。

我都沒發現有侍女在房間一角待命。太好了！就是說啊，再怎麼說都不可能是納提爾替我換衣服嘛！

納提爾斜眼看著鬆了一口氣的我對侍女說：

「妳去拿幾雙搭配這件禮服和這個飾品的鞋子來。」

「遵命。」

侍女迅速離開房間。

還沒換上禮服，還沒化妝，也還沒整理髮型。現在正要挑選搭配的鞋子，而納提爾還在房內，可以預料鞋子也會由他挑選。

……距離派對還有很長一段路要走。

◇◇◇

光是做參加派對的準備就讓我筋疲力盡了。

「為什麼那麼花時間啊……」

「我高興。」

是啦，畢竟出錢的人是你，當然隨你高興了。

「然而接下來才是重頭戲，妳認真點。」

「我知道啦。」

我得在派對上認真扮演他的未婚妻才行。

「好，包在我身上！我會好好工作，不會愧對薪水喲！」

「還真可靠呢。」

聽到我充滿鬥志的話，納提爾柔柔一笑。

「……………」

「怎麼了？為什麼突然僵住了？」

「……沒有。我只是在想，你也會普通地笑嘛。」

「妳什麼意思。」

他一瞬間換回不悅的表情。他目前為止都只在我面前露出有企圖或帶著諷刺的笑容，所以我才會嚇到。

面帶普通笑容的納提爾，看起來像尋常的優秀青年。

「知道你也是個人，我現在放心了。」

「所以妳原本以為我是什麼？」

「魔王。」

「妳這傢伙！」

我們走在前往派對會場的迴廊上如此對話，終於走到門前。

側眼看著傭人替我們拉開門，我們倆交換視線。

接下來正式上場。

這扇門的品質大概相當好，悄然無聲地敞開。我挽著納提爾的手臂一起走在會場中。

好幾個人看見我們之後開始竊竊私語。我早有預料，所以不在意。

「哎呀，納提爾，好久不見。」

「亞伯，好久不見。」

一位男子朝我們搭話，納提爾微笑以對。

「布莉安娜，他是我從小就認識的奧蘭特侯爵公子亞伯。亞伯，這位是我的未婚妻布莉安娜。」

在納提爾的催促下，我行了一個屈膝禮。

「亞伯大人，初次見面您好。我是拉里奎爾男爵家之女，名叫布莉安娜。」

「布莉安娜小姐，初次見面。我是亞伯，納提爾的朋友，請多指教。」

亞伯笑彎他原本就下垂的眼睛回應我的致意，感覺是個很和善的人，無法相信這種人和納提爾是朋友。

「沒想到你訂婚了，我原本以為是開玩笑的呢。」

「我怎麼可能因為開玩笑而公開呢？」

「真的嗎？那你應該願意對我說說你們兩人的愛情羅曼史吧？」

我希望他可以說「相識過程」。什麼「愛情羅曼史」，沒有愛也沒有羅曼史啦。

納提爾對我使了個眼色。

「我在小時候認識了納提爾大人，雖然那之後便疏遠了，最近又重逢了。因為他是我的初戀。」

當然是騙人的。

這問題絕對有人會問，所以納提爾早已決定要說的內容。其實原本設定了更詳細的內容，可是沒必要特地說那麼多。

話說回來，為什麼要設定成我的初戀呢？真希望他別這樣。

「啊——原來如此，是純愛呢。」

「別這樣。」

亞伯調侃地用手肘頂了頂納提爾的側腹，他便面露不悅。他一開始掛著社交性笑容，我還以為他們只是泛泛之交，看來並非如此。

原來納提爾真的有朋友。

我莫名感到佩服看著。大概察覺到我的視線，納提爾皺起眉頭。

「納提爾，你去拿飲料啦。我要和布莉安娜小姐聊個天。」

納提爾稍微看了我一眼，我便點頭表示沒問題。接著他說了句「我馬上回來」後，才離開現場。

亞伯笑彎他下垂的眼看著我。

「那麼，妳是怎麼騙到納提爾的呢？」

啊，這傢伙是討厭鬼。

◇◇◇

「說什麼騙，我才沒有……」

我盡可能擺出最柔弱的傷腦筋表情。

不過我的外表看起來不怎麼柔弱，說不定沒什麼效果，但是有做總比沒做好。如此會感到不忍攻擊而讓步就是紳士，然而——

「假如沒有騙他，妳怎麼看都不是那個納提爾會選擇的女性耶。」

他未免太失禮了吧。

看起來並非紳士的亞伯，似乎想趁納提爾離席的期間刺探我。

我是否該在納提爾回來時，對他說一句「你有為你擔心的朋友真是太好了」呢？不，也可能只是單純好奇。

「我目前還找不到妳的優點，可是實際上又是如何呢？」

就算問我「實際上又是如何」，以我的立場來說也無話可說。

是要我自己表現「我有這些優點喔！」嗎？很遺憾我不是自戀狂。

我該直言「就算你不喜歡我，我也無所謂」嗎？我不符合你的喜好還真是不好意思耶！

「這應該由納提爾大人來決定……」

「那麼，妳是怎麼做的呢？抓到他的把柄？還是說，果然是那個？」

他說著「那個」，手指向我。不，正確來說是指向我的胸部。

在這種不知會被誰看見的派對上，光明正大地被性騷擾了。

我不停說服自己「要忍耐、要忍耐」。

「我不知你在說什麼……」

「妳不用故作優雅啦。妳先前也糾纏著有錢人了吧？」

看來亞伯似乎稍微聽聞過我的事情。真傷腦筋。我確實糾纏過有錢人。因為我家就快破產了啊。

「我確實帶給外人這種印象……」

「不是給人這種印象，事實便是如此。」

傷腦筋，這傢伙真麻煩。

我環視四周想著納提爾怎麼還不回來，接著看見他被不認識的貴族包圍，看來他也被追根究柢刨問和我的關係。

無法期待他英雄救美，我該怎麼辦呢？

「說到底，你們的家世絲毫不般配不是嗎？」

「我聽說納提爾大人的雙親表示只要有愛便無妨。」

「如果是真愛。」

超煩。

儘管我冒著冷汗，還是持續保持微笑。只能爭取時間到納提爾回來了。

「看來妳的雙親教育得非常成功，我怎麼樣都無法教出對男人獻殷勤的女兒呢。」

我生氣了。

「……咦？」

看見我面無表情也不再作出反應，亞伯也收起笑容。

我抓住他的胸口，亞伯似乎瞬間無法反應，只是任我擺布。

「你要怎麼說我都行。要說我是妓女，說我只有身體是女的，說我全長在胸部上，不管說什麼我都習慣了！」

「沒有，我沒說到那種地……」

「但是！」

我打斷中途想要說些什麼的亞伯。

「我的雙親用愛養育我長大，我絕不允許有人中傷他們！」

亞伯倒吞一口氣。

「他們努力養大沒有血緣關係的我，也說我不需要勉強找結婚對象。當這樣的雙親欠下巨款，孩子想要想盡辦法解決也很理所當然吧！沒錯，我確實糾纏了有錢人！因為我只能想到用這個方法來還債，這也沒辦法吧！」

我以為自己沒事，看來也累積了不少鬱悶。

我回想起貴族們至今的反應，當我發現時已經揚聲大喊：

「另外我要說一件很重要的事情！」

我抓著亞伯前後搖晃，看見他表情驚慌才放開手。亞伯直接跌坐在地。

「我還是處女！」

聽見自己的聲音在悄然無聲的會場中響起，我才恢復理智。

◇◇◇

「完了……」

派對結束後又過了一天，我什麼事也沒做，賴在道曼家自己房內的床上。

班說我今天可以不用工作，大概是納提爾對他說了。他用擔心的眼神看著我。

「我假扮未婚妻的任務是不是也結束了啊……」

如此一來，債務會怎麼樣呢？他已經替我償還了嗎？還是還沒呢？如果已經替我償還了，我接下來會被納提爾追債嗎？

「我到底做了什麼好事啦……」

明明平常不管被說得多難聽都沒事。

似乎是因為最近在道曼家過得太好，我心情鬆懈才會犯下那種失態。

納提爾應該很生氣吧。他絕對很生氣。因為他回程路上都不發一語。

這明明是我為了還債，此生非贏不可的戰場耶！

我吸了吸鼻子。該怎麼對父親和母親交代？他們會生氣嗎？不，他們不會生氣，肯定會擔心我，接著絕對會哭著說讓我辛苦了。好討厭，真不想讓他們哭泣。

「叩叩」——我聽見敲門聲，擤了擤鼻子之後說：「請進。」

「布莉安娜，妳覺得怎麼樣了？」

覺得怎麼樣是什麼意思？

我想著該如何回答納提爾，用哭腫的眼睛看著他。納提爾別開視線。幹嘛，想說我很難看嗎？我也知道自己現在很醜。

我作好覺悟開口說：

「關於錢啊……」

「…………嗯？」

大概是出乎納提爾的意料，他嚇了一大跳。我不小心覺得他毫無防備的表情好可愛，但立刻又搖搖頭。現在不是想這種事情的時候。

「假如允許，可以請你先替我還債，我再慢慢還給你嗎……」

「什麼？」

這樣果然太厚臉皮了嗎？不過我現在不能退縮。

「我絕對會還你，拜託你！」

假如不這麼做，我家就完了。我從床上下來，對納提爾低下頭。頭上傳來納提爾嘆氣的聲音。

「我說啊……」

我的肩頭輕輕一顫。

「我們的婚約維持現狀。」

「……咦？」

我聽到納提爾這句話抬起頭，他一臉傷腦筋地摸摸我的頭。

「那點小事不算什麼。」

不對，我覺得我做出的事不小耶。

我就這樣被納提爾摸著頭，疑惑地注視著他。

「反而該說妳做得太好了。」

做得太好了？

我更加一頭霧水，不禁歪頭。

「我沒想到事情這麼快就能有進展。」

納提爾摸著我的頭露出滿臉笑容。該怎麼說呢？和我預想的反應不同耶。

面對混亂的我，納提爾的心情似乎相當好。

「少爺，亞伯大人來訪。」

「讓他進來。」

班仍舊不敲門就擅自闖入房間，納提爾點點頭。

……等等？他說誰來了？

門上響起「叩叩」的敲門聲響，納提爾開口回應。等等，騙人的吧？不需要現在來吧？

門不理會我的心情無情地敞開。站在門後的當然就是昨晚被我揪住胸口的亞伯。

和血色瞬間從臉上消退的我相反，納提爾看起來很愉快。

亞伯用下垂的眼睛看著我，接著從我的視野中消失。

「非常不好意思！」

展現漂亮的平伏下跪姿勢。

◇◇◇

真的到底是怎麼回事？

我在納提爾的催促下來到會客室，納提爾和亞伯當然也在。

而亞伯到了這裡依舊保持平伏下跪的姿勢。

怎麼辦？我該怎麼辦才好？

「那個……請你在椅子上坐下吧。」

不是家主的我沒資格越俎代庖，然而我如坐針氈地如此說完，亞伯便猛然抬起頭。

「我昨天對妳說了那樣失禮的話，妳還願意如此對待我……布莉安娜小姐……」

他看著我的眼神帶有心醉神迷的感覺，是我的錯覺嗎？他該不會因為被那樣對待，而打開危險的大門了吧？

「喂，別盯著看。會少一塊肉。」

納提爾這麼說完，揪著亞伯的衣領拉他起來，強迫他在椅子上坐下。亞伯坐好後，再次朝我低頭：

「我昨天真的做了很失禮的行為，非常對不起。」

「啊，不會，我也反應過度了，對不起……」

我的腦袋還有很多事情無法理解，不過心想著自己也要趁機道歉，便開口謝罪。亞伯的下垂眼浮現淚光。

「我聽說納提爾訂婚了，還想著是什麼樣的女孩，沒想到是以前稍微引起討論的布莉安娜小姐，所以我就想著要扯掉妳的假面具。」

我有什麼謠言嗎？不，我大該猜想得到，還是別問好了。肯定沒什麼好話。

「算了，你也是為朋友著想才這樣做嘛。」

從亞伯的話可以聽出他真的把納提爾當朋友看待的樣子。沒想到納提爾有這樣的朋友。

「嗚嗚，對不起……我以為我朋友被蕩婦欺騙了……」

「你不用特地說出來沒關係……」

沒錯……謠言說我是蕩婦……不，我也知道啦，早就能猜到了！

「到目前為止身邊都沒出現過女人的朋友，帶來的竟然是傳出那種謠言的妳，所以我想無論如何都要讓他清醒！」

該怎麼說呢，這種明明向我道歉，卻讓我感到被羞辱的感覺……

我現在到底該開心，還是該傷心才好呢？亞伯低著頭拚命地辯解：

「我一點都不清楚布莉安娜小姐的苦衷，真的很對不起。沒想到妳竟然那麼辛苦……辛苦地……」

亞伯最後終於哭出來了。

我沒辦法跟上事情的發展，感到不知所措。相較於我，納提爾的態度相當大方。

「嗚嗚……改天請讓我招待晚餐向妳道歉。」

「班，客人要離開了。」

「咦？納提爾的心胸太狹窄了吧！」

遭到呼喚的班一把抱起亞伯，帶他離開房間。

「我絕對會招待妳共進晚餐喔喔喔。」

可以清楚聽見亞伯逐漸遠離的聲音。他這麼想請我吃晚餐嗎？如果他會拿出好東西來，要我去也可以啦。

「不可以去吃晚餐。」

但我的雇主不允許，似乎不能去了。

「那麼，妳明白了嗎？」

「明白什麼？」

「妳看見亞伯那樣，還會覺得自己遭人厭惡嗎？」

「沒……真要說起來，反而被喜歡了？」

我想應該沒錯。倘若不是喜歡，他也不會那樣拚命地向我道歉。

「我和妳之間的婚約，最大的煩惱就是糾纏著妳的謠言，不過狀況已經朝好的方向改變了喔。」

「這是怎麼回事？」

看到亞伯的反應，我也理解事情沒有朝壞的方向發展，可是為什麼會變成這樣呢？

「人類比妳想像得更容易流於情感。」

「……嗯？」

「對身處優渥環境的貴族來說，從可憐處境力爭上游的女孩故事很讓人感動。」

「……嗯？」

納提爾咧嘴一笑。

「妳從很久以前就傳出想嫁進豪門的謠言，但沒有人知道妳這麼做的理由。所以大家說妳只是錢奴、水性楊花。接著，這個謠言在這次有了『妳不得不這麼做的理由』。」

聽他說「理由」後，我眨了眨眼。那個理由難不成是——

「被人說水性楊花的布莉安娜小姐，其實是為了替父母還債而努力的孝順女兒；儘管只看妳的外表就擅自判斷，其實妳是現在仍守著純潔的可敬女性。」

「呀——！討厭——！」

我是處女這件事也傳開了。不，雖然這是事實！雖然是事實，卻不是能這樣廣為宣傳的事情！

「妳的評價一口氣上升了，真是太好了呢。」

「我完全開心不起來！」

「託妳的福，我也被當成拯救妳脫離苦海的英雄對待。」

太令人羞恥了！

「哇，大家都被騙了……」

「順帶一提，我們也被說成幼年初識至今多年的純愛。」

沒想到與「純愛」二字完全不相襯的男人會得到這種評價。

「今後大家會溫和地對待妳。」

「嗚嗚……我哪裡都不想去了……」

「那妳的債務也維持現狀吧。」

惡魔。

「我去啦！只要去就可以了吧！」

「好，那我們現在出門吧。」

咦？這麼趕？

「等等，我剛剛才哭完，現在很醜耶。」

「是啊，超醜的。」

「我可以揍你嗎？」

「要是我臉上留下毆打的痕跡，就會傳出妳是暴力女的傳聞了吧。」

沒必要降低我丟臉丟盡才好不容易提升的評價，我放下舉高的拳頭。

「放心，這次不是參加派對。」

「那麼要去哪裡？」

我揉揉哭過頭仍酸澀的眼睛，納提爾愉悅地笑著說：

「要妳陪同我去視察。」

◇◇◇

我提議別讓我這張哭腫眼的臉出現在大眾面前比較好，但他說行程早已事先決定好了，而且還說是我亂哭不好。一想到人生就此結束，有誰能忍住不哭啊！

於是，我現在和納提爾一同搭馬車前往視察地點，班隨侍陪同。

即使我哭腫了一張醜臉還是得去，好痛苦。

「話說回來，我有必要去嗎？就算去了也不知道該幹嘛，可以回家嗎？」

「這是為了讓大家知道我有未婚妻。妳什麼也不必做，只要站著就好。貴族妻子站在丈夫身邊微笑也是工作的一環。」

我很不擅長做這種事情耶……

我看著窗外心想，與其靜靜不動倒不如讓我好好工作更好，馬車在此時停了下來。

「要下車嘍。」

我靜靜搭上納提爾朝我伸出的手。他姑且還是會做到這類紳士的舉止。

「咦？這裡是……」

這是我非常熟悉的地方。

「孤兒院。從這樣輕鬆的地方開始習慣起比較好吧？」

原來如此。比起劈頭就帶我去商會，這裡確實比較適合菜鳥。

我抱著懷念的心情眺望著，納提爾丟下這樣的我大步流星地走進孤兒院。要當護花使者就有始有終啊！

我慌慌張張地跟上納提爾。

「我正在等候您的來臨。」

好久沒聽到這個聲音了。

「院長，好久不見了。我今天是來視察。」

「是的，按照原定安排呢。哎呀，這位是……」

被稱呼為院長的女性，好像發現站在納提爾背後的我了。我往前踏出一步，站在納提爾身邊。

「我是納提爾大人的未婚妻，名叫布莉安娜。」

她認得出來嗎？我這麼想著，有點緊張地自我介紹後，院長盯著我看了一會兒，接著眼睛閃閃發亮。

「哎呀哎呀哎呀，妳是安娜吧！」

她似乎還記得我。我開心一笑，院長便握住我的手，盯著某處開口說：

「嚇了我一大跳，還真是又長大了呢。」

是的，我也對自己胸部的成長相當驚訝。

院長的反應緩解了我的緊張，我「呼」的一聲深深吐出一口氣。

「院長——媽媽，好久不見了。」

睽違十二年不見，我在養育我到七歲的土地上綻放燦爛的笑容。

◇◇◇

我和納提爾一起在孤兒院裡到處看。納提爾很仔細地確認有沒有哪裡需要改善，以及經營的狀況。

和我同時住在孤兒院裡的孩子們不是被領養走了，就是已經成年離開。雖然沒有熟人讓我感到寂寞，這種心情一瞬間就被吹跑了。

「當馬給我騎啦～！」

「不行，要玩家家酒啦！」

「賽跑比較好玩啦！」

「來下棋嘛～」

「妳眼睛為什麼腫成這樣，好醜喔——！」

「剛才那是誰說的！」

我一發出怒吼，孩子們便笑開懷地四散逃跑喊著：「哇——！」

小孩子真厲害……

我被拉著這邊跑那邊跑，被擠來擠去，疲憊不堪。媽媽每天都得應付這些小孩嗎……她年紀已經不小了，到底是哪來這種體力啊……

「你們幫我陪他們，幫了我大忙呢～」

「媽媽……」

媽媽看著筋疲力盡的我微笑。納提爾正在教男孩們如何揮劍。

媽媽邊織東西邊說：

「不過話說回來，那個跟男孩沒兩樣的安娜，竟然變得這麼有女人味。」

「哈哈……我也有同樣的想法……」

我回想起以前的自己不禁乾笑。

我小時候跟男孩沒兩樣，不只會爬樹，還最喜歡抓蟲。比起待在房裡玩娃娃，更喜歡到處跑來跑去，是個曬成小麥色的健康兒童。男爵家要收養我時，大家還很擔心我會草率犯錯，然後七早八早被退貨。

在我懷念往昔時，有孩子朝我背後衝了過來。

「姊姊——！一起來玩嘛——！」

「嘔噁……」

我從剛剛玩到現在，把孩子從我身上拔下來。

「我休息一下——！」

這是我所熟悉，以前住的家。

我當場衝出門。

◇◇◇

「小孩都不知道要客氣……」

然後我痛切感受到自己沒有應付小孩的體力。為什麼那些孩子不知道累呢？

我坐在孩提時代很喜歡的中庭嘆氣。

……這麼說來，我的初戀也是在這裡。

「原來妳在這裡啊。」

頭上傳來聲音使我仰頭看，納提爾在眼前。他走到我身邊後，也坐了下來。

「你不陪孩子們了嗎？」

「我累了，所以休息一下。」

就是說啊，很累人呢……

我對於不只我覺得累感到放心，看著隨風搖曳的青草。以前常常在這裡玩捉迷藏呢……

「妳記得妳還住在這裡時的事情嗎？」

我被納提爾突如其來的提問嚇一跳，猛然轉過頭看他。

「你知道我來自這裡嗎？」

「是啊。」

他到底調查得多詳細啊？

只有他單方面知曉我的事情，我感到不太能接受，但這點真的無可奈何。

「你問我記不記得……多少……記得一點吧……」

我沒辦法想起所有當時一起玩耍的孩子，頂多只記得有印象的人。

「啊，不過我記得我的初戀喔！」

「初戀……？」

納提爾一臉疑惑地看著我。

「妳的心思有這麼細膩嗎？」

「你要是太過分，我真的會打人喔。」

我輕輕舉起手，納提爾搖頭表示開玩笑的，我才放下手。

「那麼，妳的初戀是什麼樣的人？」

我沒想到納提爾會繼續追問。

問我是什麼樣的人……

我回想起當時不禁陶醉。初戀對女孩來說很特別。

「唔呵呵，你想聽？」

「妳的笑聲很噁心。」

「這樣說女生真的是個失禮的男人。」

然而納提爾也不是今天才開始失禮，我不理會他，回想起當時的記憶。

「那是天氣晴朗的一天……」

◇◇◇

我發現一個陌生的小孩。

那個孩子待在我喜歡的中庭裡，我開口呼喚他。

「欸。」

他身體抖了一下，轉過頭來看我。是個年紀看起來和我差不多的少年，身上的衣服一眼便可看出他不是這間孤兒院的人。

「你是誰？從哪裡來的？」

「……與妳無關吧？」

「我就住在這裡，當然與我有關。」

「…………」

少年沉默不語，只是坐著瞪向地面。

「你好陰沉喔。」

「……什麼？」

我對只是瞪著地面瞧的少年這麼說完，他很不高興地皺起眉頭。

「你有什麼煩惱嗎？」

「為什麼這麼問？」

「穿著一身好衣服的公子哥闖進這種破爛孤兒院裡，只能讓人這樣想吧？如果只是單純迷路，就會立刻找人問路回家了。」

「………」

又不說話了。就當我煩惱著不知道該怎麼辦時，其他小孩也跑了過來。

「安娜，他是誰？」

「嗯～朋友？」

「什麼！」

我說是朋友，大概讓他感到意外，少年驚呼。我幾乎要擋住少年般靠近他身邊小聲說：

「如果不說你是我的朋友，你馬上會被趕出去喔？」

「…………」

雖然他又不說話，我判斷他接受這個辦法了。

我抓住少年的手站起來。

「喂、喂！」

「我不知道你因～為什麼事情不開心，可是就是靜靜不動才不好啦！只要活動身體就沒有時間想東想西了！所以說，你當鬼喔！」

「什麼！」

「大家快逃——！」

我邊和其他孩子們一起跑走邊說「你要數到十喔」。儘管我聽到他說「什麼啦！」或「喂！」的抗議聲，我當作沒聽見，接著才聽到他數數的聲音。

少年知道有這種遊戲，但是似乎沒有玩過。當我教笨拙地和大家一起玩遊戲的少年各種規則後，他不一會兒就跟大家熟悉起來，原本帶著陰沉表情的少年臉上露出笑容。

「啊～玩得好開心喔！」

時間已到傍晚，少年必須回家了。

「那、那個……」

少年低著頭對我說話。

「幹嘛？」

「……今天很謝謝妳。我心情好多了。」

看來我的所作所為不是雞婆。我也開心地揚嘴微笑。

「你不用客氣！」

少年看著我的臉，染紅了一張臉。

「那個……」

「嗯？」

「妳、有喜歡的人、之類的嗎……？」

「喜歡的人……？」

我稍微思考了一下，說出腦海中浮現的答案。

「王子！」
「王子……？」
「故事中的王子很帥氣！有錢又住在大城堡裡，長得也很漂亮！如果要結婚，果然還是要跟王子結婚吧！」
我笑著說。少年剛才那張害羞的表情上哪裡去了啊？瞬間變得很不高興。
「妳怎麼可能有辦法跟王子結婚啊？」
少年這句話使我氣得鼓起臉頰。
「就是可以！他會來迎接我！」
「不可能，王子不可能會找庶民為對象。」
「故事中王子會和在平民區長大的人結婚！」
「不可能！」
「可能！」
「不可能！」
「可能！」
我們爭執了一會兒，彼此喘氣瞪著對方。
先從互瞪中別開視線的是他。

「……我來迎接妳。」

「咦？」

「雖然我不是王子，我會成為接近王子地位的人。」

——妳等我。

少年說完便紅著一張臉跑走了。

我仔細思量他說出口的話。當我理解後，我的臉瞬間染紅。

布莉安娜，七歲，生平第一次被人求婚了。

◇◇◇

「這就是我的初戀。」

啊啊，酸酸甜甜的回憶……

在那之後，再也沒有人認真向我求婚，只有想要我成為繼室或情婦的要求。看來那是我唯一的桃花，太悲傷了。

納提爾沒有打斷我，聽我說完。

「……如果妳能見到對方，妳會怎麼做……？」

「見到對方？」

我從來沒想過。

如果能見到對方啊？

「總之，我會先問他記不記得我吧。」

「然後呢？」

「咦？就這樣啊。」

納提爾聽到我的回答後嚇了一跳。他難得露出這種表情。

「妳不會強迫他和妳結婚嗎？」

「咦？不會、不會！只是小時候玩過一次而已耶？對彼此來說應該都是美好的回憶吧。他身上穿的衣服很高級，應該是富裕人家的小少爺，我配不上他啦。反正他應該早就結婚，或是已經有未婚妻了。」

很遺憾我已是年紀不小的女性，起碼能分辨夢想與現實的不同。白馬王子只存在童話故事中。

「妳……」

納提爾好幾次開口似乎都有話想說，不過最後只是大嘆一口氣。

「就是說啊……妳就是這樣的人啊……」

「該怎麼說呢，我有種被鄙視的感覺耶……」

剛剛提到的話題為什麼會有這種結論呢？我只是在說自己的回憶而已耶。

納提爾沮喪地起身，拍了拍沾在衣服上的雜草獨自邁步走遠。奇、奇怪？為什麼？我真的不記得我做了什麼啊……

我應該追上去比較好嗎？還是搞不清楚狀況，所以丟下他不管比較好呢？正當我煩惱時，背上突然遭到衝擊。

「唔哇哇哇布莉安娜小姐對不起！妳還好嗎？」

和孩子們玩耍的班沒發現我，朝我撞了上來。

「很痛耶！」

「對不起對不起對不起！我不是故意的！人沒有辦法立刻剎車啊！」

「這句話是用來說馬車吧！」

班伸手拉我起身。雖然他撞得很大力，我並沒有受重傷，頂多只是背上瘀青吧。

「注意點啦。」

「不好意思……我不小心就玩瘋了……」

班垂頭喪氣，看起來非常沮喪。

「這裡是我之前待的孤兒院，讓我很懷念。」

咦？

「這裡是你……以前待的孤兒院……？」

班十七歲……十二年前五歲……五歲的班……

「你、你是鼻涕小鬼班！」

我不禁大喊。班嚇了一跳之後，發出一聲「安」。

「安、安娜姊？」

◇◇◇

我同事是同一家孤兒院的小孩。

「原來是安娜姊啊～！哎呀，認不出來、認不出來！怎麼可能認得出來呢！」

「你可以說說你這句話是什麼意思嗎？」

「妳以前一點魅力也沒有，反而可以說很貪吃……對不起對不起對不起！」

班就坐在我旁邊，我一抓住他的側腹，他立刻道歉。常講錯話和毫無忍耐力這點跟以前一模一樣。

「無法想像那個班沒掛著鼻涕耶。」

「反過來說妳以為我長大之後還會掛著鼻涕嗎？我在安娜姊心中是什麼形象啊？」

「還是鼻涕小鬼。」

「還是鼻涕小鬼嗎——！」

班如此哀嘆。他的鼻子和當時不同沒有掛著鼻涕，我無法將他與隨身攜帶手紙擤鼻涕的班相連結。

「你才是，你以為我變成怎樣了啊？」

「我以為妳會惹出很多麻煩，被收養家庭趕出去，自力更生成為一個超棒的男子漢！」

「我到底該從哪裡吐槽起才好呢？」

我在班心中到底是什麼形象啊？感覺他從前提就搞錯很多事情。

「說到底我是女的，男子漢是怎麼回事。」

「因為沒有比安娜姊還要更有男子氣概的小孩了啊。倒不如說妳偽裝性別也有人信。」

「就是說啊。我住在這裡時，也以為大人搞錯了我的性別呢。」

「安娜姊，我覺得妳不該認同這一點耶。」

「我發現沒辦法站著尿尿，才真實體認到自己不是男的。」

我當時大受打擊。知道往後也不可能長出來時也大受打擊。因為我比男生還會打架，運動神經也好，又聰明，是孩子王，我以為自己是完美的男孩。

沒辦法對其他人說，我是發現自己沒辦法站著尿尿才真實體認到自己是女生。

「我被收養的時候也確認好幾次我是不是女生。」

「因為安娜姊的頭髮很短，而且也穿褲子嘛。」

「很方便活動很棒啊。」

我比較重視機能。

「但是啊……那個……會變成波霸還是超乎想像耶……」

「我當然也沒想過喔。」

我邊嘆氣邊看著自己的胸部，當時沒想到竟然會長成這樣。自從胸部變大之後，我只覺得很妨礙活動。現在則覺得買衣服好麻煩，只是浪費錢買衣服。

「平均值最好。從花費來思考也是。」

「啊啊，妳現在果然還是開口閉口就是錢啊。」

「當然嘍。班，你要知道，這世界只要有錢就是萬能。」

「真沒夢想耶。」

夢想無法填飽肚子。

大概是因為現在由納提爾管理，孤兒院的狀況變好很多，但我還在這裡時環境更加惡劣，很難可以吃飽。

在這種環境中長大會養出想法現實的小孩，我就是最好的例子。

「不過安娜姊教我識字派上很大的用場。」

「看吧，多感謝我一點。要崇拜敬奉我也行喔。」

「我覺得安娜姊就是這點不太好。」

班一邊說著，突然發出洩氣聲：「啊——」

「如果找到安娜姊了，我說不定真的會被趕出去！」

「為什麼？」

「我之前說過吧？少爺原本真正想要領走的小孩其實不是我。」

那是我成為女僕後不久聽到的事。我點了點頭。

「那個人就是安娜姊。」

「咦？」

納提爾十二年前想要我？那表示……

「那表示在納提爾來看，我也相當優秀的意思嗎！」

「因為代替妳的我被當作沒用的人看待，才會這樣感覺吧。」

「因為你真的很沒用啊。」

「好過分……」

班開始哭哭啼啼起來，但是我沒空理會他。
我沒想到納提爾竟然曾經想要帶我走！
「不能在這裡蹉跎！班，待會兒見啦！」
「啊！安娜姊！」
他說著「等等！」，我不理會他的聲音邁步奔跑。

◇◇◇

「納提爾！」
我跑去找納提爾，他正被孩子們包圍。唔哇，和平時的反差未免太大，他甚至讓孩子們騎在頭上。
「幹嘛？」
他似乎還很不高興，不過肯定能馬上好轉。我「呵呵呵」笑著，一邊把騎在納提爾頭上的小孩拔下來。
「真是的，你也早點說啊。」
「……說什麼？」

納提爾眼中帶著期待看著我。

「說你想帶走的小孩就是我啊！」

我手指著自己昂首挺胸說，但納提爾不理會我繼續跟孩子們玩耍。

「喂、喂！欸，是我啊，我就是比班還優秀的小孩！」

「安娜姊，妳怎麼這樣說啦！」

上氣不接下氣終於追上我的班不滿地說。

納提爾無奈地把坐在他腿上的孩子放到一旁。

「那又如何？」

「所以說，只要讓我做這傢伙的工作就可以了！」

納提爾驚訝得無話可說，再次把剛剛的孩子抱回腿上。

班發出抗議說：

「安娜姊，沒有人那樣的啦！」

「你原本就想僱用我，現在乾脆點辭退班，讓我去接他的工作，如此一來可以省下班的薪水，我還可以賣人情給你，一舉兩得呢！」

「是妳要還我人情。」

「唔，說得也是，得先償還才行……」

我欠他人情在先啊……

「那麼為了讓我還你人情，乾脆點辭退班吧。」

「妳從剛剛一直說乾脆點是什麼？怎麼可能乾脆點辭退？我絕對不會辭職！我會死賴著不走！」

班把納提爾腿上的小孩抱走，接著一頭撞上去，在納提爾的肚子上磨蹭。

「少爺！你不會拋棄我對吧！事到如今我去別的地方會活不下去啦！因為我工作很無能啊！因為我是笨蛋啊！少爺，你不會拋棄我對吧？」

「現在進行式讓我想丟掉你了。」

「為什麼！」

不是因為你緊抱著納提爾不放，還把頭往他肚子上用力磨蹭的關係嗎？

「我們不是從我五歲起認識到現在嗎——！既然撿了我，就要負責到底啊——！」

班的頭仍然不停地磨蹭，納提爾嘆了一口氣。

「啊——……基本上我沒打算拋棄你。」

這句話讓班猛然抬頭，眼睛閃閃發亮地看著納提爾。

「既然撿了你，就打算負責到底——反正可以隨便對待你。」

「少爺！」

班感動得雙手在胸前交握。可是納提爾明言會隨便對待耶，這樣真的好嗎？

「咦……你可以節省經費，我認為這是對彼此都好的提議耶。」

「即使如此，畢竟我都養他養這麼大了。」

班依舊黏在納提爾的腿上。看見這一幕我拍了一下手。原來如此，與其說班是管家，倒不如說他——

「是寵物吧！」

我決定當作沒聽見班脫口而出：「怎麼這樣對待我……」

◇◇◇

「我是來邀妳共進晚餐的。」

我沒想到他真的會來。

亞伯說要為之前的行為致歉，拿著花束現身。看他確實準備好伴手禮這一點，是位紳士沒錯。

而他是來邀我吃晚餐，因此讓我的雇主極度不悅。

「晚餐不行。」

「咦——？你心胸真的很狹窄耶。」

納提爾上次說不行似乎是真心的。立刻回絕的納提爾被亞伯說心胸狹窄而瞪著他。順帶一提，我也認為對員工的晚餐對象指手劃腳是心胸狹窄的行為。

「那午餐呢？雖然沒辦法像晚餐那樣精緻。」

「不行！」

亞伯鍥而不捨地繼續邀約，納提爾語氣強硬地拒絕。

亞伯看看納提爾又看看我。

「你們平常一起用餐嗎？」

「是、是啊，早餐和晚餐。」

納提爾白天在外工作，所以我的午餐和其他傭人一起吃。

「那今天也一起吃？」

「對，我們正好再來就要用餐了。」

下一秒，納提爾用「別多嘴」的眼神看著我。可是我已經說出口了，沒辦法收回。

亞伯滿臉笑容地央求納提爾：

「那我今晚可以留在這裡吃飯嗎？這樣就可以了吧，納提爾？」

「不可以。」

「如果不行，我會不停來邀她去吃晚餐喔。」

亞伯帶著討喜的笑容和納提爾交涉，其實相當難纏的樣了。真不愧是納提爾從小到大的舊識。

納提爾相當不甘心，但還是交代班替亞伯準備餐點了。

而我也被納提爾以怨恨的眼神怒視了。

這、這不是我的錯吧！

◇◇◇

「真不愧是公爵家！太好吃了。」

我認為亞伯身為侯爵公子，他的飲食等級應該不相上下，但我也認同很好吃。和我家吃的東西品質完全不同，一口就能吃出食材有多好。

「快點吃完快點滾。」

然而品嘗高級餐點的納提爾心情極度不愉快。

「我知道你想要和布莉安娜小姐獨處，但偶爾讓我湊一腳也沒關係嘛，對吧？」

呃，你一句「對吧？」把問題丟給我，也讓我傷腦筋。非常傷腦筋。而且不知為何，納提爾眼神銳利地瞪著我。

為什麼？為什麼？

「——那麼……」

亞伯彎起嘴角用相當和善的表情微笑。

「布莉安娜小姐，妳和納提爾簽了什麼契約呢？」

我嚇得肩頭一顫，然後亞伯當然沒有錯過這點。而納提爾的眼神更凶惡了。又、又沒有辦法！我還沒有意志堅強到聽到這種話可以毫無反應啊！

「你指的是什麼呢？」

儘管覺得沒用，還是想要打迷糊仗，只見亞伯搖搖頭。

「布莉安娜小姐，我都明白喔。」

亞伯呼了一口氣。

「要是納提爾沒有威脅妳，妳怎麼可能和納提爾訂婚對吧？他這種個性耶？怎麼可能喜歡上他？這種個性耶？」

說得太過分了。納提爾的個性確實不怎麼好，但沒過分到被說成這樣……我覺得……

「我、我覺得他、也有、優點……」

我不知為何害羞起來，越講越小聲。

亞伯感到驚訝之後，很愉快地笑了。

「她這樣說耶！太好了呢！」

「吵死了。」

納提爾邊說邊從我身上別開臉。他的耳朵好像有點紅，是我的錯覺嗎？

「不過我也知道你的優點喔。」

亞伯又接著說：

「所以，你今後務必公開表示我是你的朋友也沒問題！」

「不好意思，客人似乎要離開了。」

納提爾對班下指示，想把亞伯趕出去。亞伯慌張地彎下他的下垂眼，雙手胡亂揮動。

「因為你對布莉安娜小姐介紹我時，說我是『舊識』嘛！那意外地很傷我的心耶！」

「我們的確是舊識沒錯吧？」

「是沒錯啦！」

亞伯不氣餒地仍想繼續糾纏，但是納提爾很冷淡。亞伯最後終於放棄，轉過頭來看我。

「所以布莉安娜小姐身為他未來的妻子，隨時都可以來倚靠身為納提爾朋友的我喔！」

還朝我拋了個媚眼。

大概是因為納提爾不理他，才會把目標鎖定在我身上。

「喔。」

我不怎麼感興趣地回答，一看到納提爾，他一臉喜形於色的表情用餐。

這大概代表很開心吧。

而亞伯沒發現這點，拚命地找我攀談。

——真是的，這男人真不老實耶！

我邊想「他也有可愛之處嘛」，邊把餐點送進嘴裡。

「然後你們兩人的孩子誕生時，希望務必能讓我替孩子命名……」

「班，把客人帶走。」

「咦？喂，太過分……咦？真的要把我趕出去嗎？欸！」

亞伯被班拖著走仍不肯放棄糾纏，納提爾已經決心不理會他了。

「納提爾太過分了！啊，布莉安娜小姐，改天再一起吃飯吧！」

「啊，好。」

「妳不需要乖乖回應他。」

對於我反射性的回應，納提爾插嘴說。而亞伯就這樣被拖走了。

逐漸遠離的聲音喊著：「改天見嘍～」

班相當熟練地拉著他走，這種事大概很常發生。

「那個人總是這樣嗎？」

「是啊，就是這樣。」

納提爾看起來很疲憊。

「那傢伙老是擅自跑進來攪和，真的很煩人。」

「這樣啊～」

「說到底那傢伙……幹嘛？」

納提爾發現我的視線後停止說話。

「沒事。」

我無法忍耐嘴角不自覺地上揚。

「他是你的好朋友呢。」

下一秒納提爾紅著一張臉，不發一語地繼續用餐。

真的是個不老實的可愛男人。

◇◇◇

「我還想無情的朋友完全不來找我，接著聽說妳變成我哥哥的未婚妻了，所以我就自己來了！」

糟糕。

因為有太多事情要忙，我完全忘記了。

現在已成為王太子妃的蕾蒂希亞，毫不隱藏她不開心的表情敲響道曼家的大門。

她身穿與王太子妃殿下身分不符的平民連身裙。

她絕對是偷溜出來的！絕對又逃跑了！

之前去王城時曾聽瑪莉亞抱怨過，結婚之後仍沒治好她不安分的逃跑怪癖，而且逃脫技術還日益精進。貼身照顧蕾蒂希亞的瑪莉亞為此深受其害，而且蕾蒂希亞偶爾還會設陷阱嚇人。瑪莉亞說她的生活充滿刺激，但我可不想要這種刺激。

蕾蒂希亞闊步走在熟悉的自家，我慌慌張張地跟上。

一抵達起居室，她便粗魯地往沙發上一坐，接著用視線催促我在她對面的沙發上坐下。

我垂頭喪氣地乖乖坐下。

「這是怎麼一回事？」

怎麼回事……怎麼回事……該怎麼說才好呢……

我家的債務終於到我束手無策的狀態，此時不知為何收到妳哥哥送來派對的邀請函，我前往參加後不知為何答應扮演他的假未婚妻，而且還得當他的女僕，不過作為交換，他會替我還清債務……

試著把整件事組織成話語後，感覺相當沒有真實感。

「我沒有聽說妳和哥哥成為那種關係耶！」

我沒有說，而且實際上也沒有成為那種關係。

可是我無法判斷能不能照實說。納提爾打算連親生妹妹也騙嗎？我後悔著應該要事先確認才對。

蕾蒂希亞是從哪裡聽來這個消息的呢……我一瞬間冒出這個疑問，不過大概是和亞伯的那個爭執傳開了吧。竟然能傳進王太子妃耳中，效果還真是驚人。希望她別連我大喊了什麼也知道。她身邊的人肯定也會多顧慮，不讓王太子妃聽到低俗的內容。如果不那樣，我就傷腦筋了。真的很傷腦筋。

蕾蒂希亞不甘心地摀著臉。

「明明是朋友卻沒有告訴我！」

「我、我沒有想要隱瞞妳……只是太忙了，沒時間去告訴妳……」

因為她太傷心了，讓我忍不住這樣說。而且很忙也是真的。

蕾蒂希亞抬起她嘆息不已的臉，驚訝地倒抽一口氣。

「妳該不會對我以外的朋友說吧……？好過分！我只有妳和瑪莉亞兩個朋友而已耶！」

不知為何爆料了她自己哀傷的交友狀況。

不過我的交友狀況也和她相去不遠。

「不，負債的我沒有朋友，朋友只有妳而已。」

她下一秒露出開心的燦爛表情，真的是表裡如一的女孩。

「就是說啊！妳看起來不像交友廣闊的人嘛！」

「妳這是什麼意思啦！」

我對說出失禮發言的蕾蒂希亞怒吼，但蕾蒂希亞完全恢復精神，催促班替她倒茶。

「班還是一樣無能呢。客人都上門了還不知道立刻端茶上來。」

「您突然過來還請別說那種為難人的話。」

只不過，班手足無措地遲遲沒去準備泡茶，我同意他的確工作無能。

可是他這樣就好了。因為是寵物嘛。

「然後，我一直很好奇……」

我的身體頓時僵硬。

「妳這身服裝是怎麼回事？」

來了！

我就知道她絕對會問。話說回來，如果我是蕾蒂希亞也一定會問。確實會問。因為太讓人好奇了嘛——如果朋友身穿女僕裝。

沒錯，我現在穿著女僕裝。

正確來說，自從我成為納提爾的假未婚妻兼女僕之後，每天都穿這身衣服生活，但不知情的蕾蒂希亞只感到很疑惑。

「難不成……」

蕾蒂希亞露出狐疑的眼神。

「是哥哥的喜好？」

「妳別亂說話，誰有那種喜好。」

太好了，納提爾回來了！不知為何亞伯也跟在他後面。

「因為這套衣服怎麼看，都是為了布可愛量身訂做的啊！假如不是很早以前就準備好，根本不可能做出如此合身的衣服吧！」

這點我也很好奇。

這套女僕裝正好吻合我的身材尺寸。我的胸部比普通人大，沒辦法穿成衣，所以怎麼想都不可能剛好有我的尺寸。

納提爾將手抵在嘴邊思考。

「……之前就提過我們家要聘用她的事情。」

看見他不提我們之間的關係，納提爾似乎不想讓蕾蒂希亞知道我們的事情。總之我決定先配合他說話。

「就是啊。所以才有辦法事先準備好符合我尺寸的女僕裝。」

對於我說的話，蕾蒂希亞仍然很懷疑。

「是喔——……不過這件和家裡工作的女僕衣服不同，還有部分用蕾絲裝飾，很明顯對妳偏心耶……」

「才沒有，是妳的錯覺。」

納提爾快速地否定，蕾蒂希亞仍用無法接受的表情看著他。

我的衣服確實和其他女僕有所不同。雖然款式基本相同，我的裙襬有用一點蕾絲點綴，鈕釦的形狀也不同。

現在才計較這個可能有點晚了，可是這該不會是納提爾的喜好吧？

這樣說來，之前參加見到亞伯的那場派對時，納提爾也很認真地替我做準備。

在此我拍了一下手。

「納提爾對時裝打扮很有興趣對吧！」

我自信滿滿地如此說，沒想到兄妹兩人都用傻眼的表情看著我。

「是啊就是這樣就是這樣。」

「好啦就當是這麼一回事可以了吧。」

「為、為什麼突然這麼敷衍啊！」

明明剛剛還爭執不休，兄妹倆突然意見一致，嚇了我一跳。不過他們兩人互視點頭。

「沒有啦，我大概了解了……哥哥，我覺得你會很辛苦喔。」

「咦？為什麼納提爾會很辛苦？」

「就是這點啦。」

這點是哪點啊？

放著完全無法理解的我不管，兄妹兩人似乎理解彼此的想法。只能說真不愧是兄妹嗎？

亞伯拍拍我的肩膀。

「布莉安娜小姐，我也是妳的朋友喔！」

他該不會為了說這句話，才一直待在這裡吧？

但是我很感謝他的心意。當我想道謝時，蕾蒂希亞先插嘴說：

「好朋友！是我喔！」

蕾蒂希亞握住我的手說「對吧！」，我不禁點點頭。

之後納提爾嘆氣。

「讓她像這樣逃跑也很麻煩……今後定期去見見蕾蒂希亞吧……」

我也同意。

◇◇◇

「我想要進行約會這項活動。」

納提爾突然說出這句話，我點了點頭。

「嗯，路上小心？」

看著我揮手說「請自便」，納提爾皺起眉頭。為、為什麼？

「妳和我的關係是？」

「呃……雇主和勞工？」

他輕輕捏住我的臉頰。

「就算是假裝的，我和妳現在也有婚約關係。」

「……嗯？因為是假的婚約關係，我是『想要約會請隨意』的意思耶……」

這次輪到另一邊臉頰被捏住。

「我的意思是，為了明確讓大家知道我們的關係，我們要去約會。」

「……難不成是要跟我約會？」

「聽完我剛剛的說明，只能有這個結論吧？」

納提爾的手終於放開我的臉頰。

這、這表示……

「你、你邀我去約會……！」

「所以我就是這樣說……算了，夠了……」

納提爾嘆了口氣，但我沒有心思顧慮他。

——我、我生平第一次約會耶……！

正確而言，不僅是我生平第一次約會，還是生平第一次有人邀我去約會。

雖然非常哀傷，我就是被眾多我看上的對象冷淡對待。大多都在知道我有債務時，不把我當一回事。啊，突然好想哭。

這樣的我要約會耶。就算屬於工作的一部分，也是約會耶！

「約會……」

其實我非常嚮往，甚至讓我細細品味「約會」這兩個字。

在露天攤販互相餵食、讓他替我挑選適合我的衣服、最後收下他送的花，然後接著直接求婚之類的！

我不接受「這也妄想過頭了吧」的意見。起碼應該讓少女自由作夢。

「為了讓更多人看到，地點選在上流貴族專用的餐廳。」

餐廳……

上流貴族會去的餐廳……

「我會不會出醜啊……」

我上一秒明明還因為約會這個詞而飄飄然，突然變得好不安。這是因為我對自己的禮儀沒有自信。很遺憾我只是低階貴族，不是蕾蒂希亞那樣完美的淑女。

「放心。」

納提爾開口鼓勵為此擔心的我。

「妳每天和我共同用餐矯正過來了吧？沒有問題。」

確實自從我開始在這裡工作後，早上和晚上一定會和納提爾一起用餐，他每天都會教我餐具的拿法之類的知識。

我原本還想著他為什麼要這麼做，但他說「就算只是假扮，我也無法忍受有人認為我的未婚妻沒有教養」，我也只能遵從了。

原來是這樣，這個訓練大顯身手的機會終於到來了！

「我知道了！我會展現完美的餐桌禮儀！」

當我自信滿滿地如此宣示後，納提爾露出不安的表情。為什麼呢？

◇◇◇

「沒、沒問題……我沒問題……。」

明明那樣自信滿滿，抵達餐廳瞬間自信全消的我努力低語說服自己。

納提爾傻眼地看著這樣的我。

不過我認為會這樣也是無可奈何。因為四處可見不是我這樣臨時抱佛腳的上流貴族禮儀優美地用餐呀。

我認為只看外表還沒有問題。因為和上次派對一樣，納提爾一手包辦了我的穿搭。從禮服、小飾品、鞋子，甚至於妝容，全都由納提爾來決定，而且他的品味極佳。多虧如此，我只有外表堪稱上流階級的千金小姐——如果只論外表。

然而很遺憾，我的內在並不相符。

「沒、沒問題……我沒問題……」

儘管再次吟唱咒語，仍舊感覺問題很大。

「妳啊……平常明明那樣大大方方，為什麼這種時候會畏縮啊？」

聽見納提爾不識相的提問，我狠狠地瞪著他。

「只是單純的自卑啦，有意見嗎？」

我原本就是一介平民孤兒，只是幸運成為貴族養女，內在仍舊是庶民。就是庶民！

「妳為什麼要這樣瞧不起自己的出身呢……」

納提爾一度閉上嘴之後又開口直言：

「妳可是受到父母悉心教養的貴族千金喔。」

這句話使得我的眼睛眨了眨。

「說得、是……」

養父母收養我之後，把我當親生女兒般愛我、教養我。沒錯，在論庶民之前我是父親和母親的女兒。

看見我瞬間冷靜下來，納提爾點了點頭。

料理正好在此時端上桌。

「不用擔心，妳就好好用餐吧。」

「嗯。」

我冷靜地拿起刀叉，小心不發出聲音般拉動刀子，下一秒肉汁溢出，發出誘人食指大動的香氣。

我在這種地方也能毫不突兀地用餐……

我開心地看向納提爾，他便看著我微笑。

突然感覺到害羞，我低著頭看自己的手，將切好的肉塊送入口中。

「好好吃！」

「那真是太好了。」

公爵家的餐點當然也很高級好吃，不過在外用餐別有一番風味。我細細品嘗少有機會品味的頂級料理，感覺心情也出現從容。

接著才發現——

「那個……」

「怎麼了？」

「坐在左斜方的人是不是亞伯啊？」

「是啊。」

亞伯不知為何一個人獨自用餐。不愧是侯爵家的人。儘管他舉止優雅，因為身邊沒人陪同，隻身一人很顯眼。

除此之外還有另一人同樣醒目。

「亞伯左邊那一桌，坐的是不是蕾蒂希亞啊？」

「是啊。」

我都發現了，納提爾不可能沒發現。亞伯滿臉笑容，蕾蒂希亞則一臉怨恨地看著我，兩人太極端讓我很困惑。

「那是怎麼回事？」

「大概是班說溜嘴了吧，不用理他們。」

「不用理……」

亞伯也就算了，蕾蒂希亞可是用殺人的視線盯著我們看耶。

「別擔心，再過不久……啊啊，來了。」

聽納提爾這麼說，我看向門口，發現有一位顧客走了進來。來者步伐優雅、外貌俊美，舉手投足魅惑身邊所有人。

雖然身穿微服裝扮，他正是王太子殿下本人。

蕾蒂希亞看見他的瞬間全身發抖。可是她立刻停止顫抖，大概發現還有旁人眼光吧。可以立刻停止顫抖，她這項技能令人嘆為觀止。

王太子殿下一在蕾蒂希亞對面坐下，便揚嘴微笑。

蕾蒂希亞也回以微笑。

俊美的王太子殿下與他的妃子微服約會的畫面在此呈現。

然而王太子妃殿下的手微微發顫。

她肯定是偷溜出來這家餐廳。

我明白蕾蒂希亞看著王太子殿下微笑，但她的內心正發出哀鳴。

不過這是她自作自受，沒人救得了她。

我決定專心用餐。難得的美味料理，不仔細品味就太浪費了。納提爾也不在意蕾蒂希亞和亞伯，繼續用餐。

幾天後，蕾蒂希亞拿這件事責備我，但我完全找不出自己錯在哪裡。

她也差不多該收斂，別再逃跑了啦。

◇◇◇

「我今天早上被狠狠罵了一頓耶，為什麼啊？」

班不解地微微歪頭。

這個男人……真的不懂嗎……

「班，你不是告訴蕾蒂希亞和亞伯，我和納提爾要去餐廳吃飯的事情嗎？納提爾在對這件事生氣喔。」

「什麼——！我才沒有說——！」

班感到意外地否認。

「哦～喔～是這樣嗎～？」

儘管我懷疑地看著班，他也只是用清澈的眼神回看我。

「你真的沒有說？」

「沒有說！」

「那你前天有跟亞伯和蕾蒂希亞說話嗎？」

「有啊。」

果然沒錯！

「你們說了什麼呢？」

「他們問我納提爾少爺隔天的行程。」

「你怎麼回答呢？」

「我說少爺要去餐廳吃飯。」

「還有嗎？」

「這個嘛……也被問了安娜姊的行程！」

好的，確定了。

「知道這麼多就能知道我們兩人要一起出門了吧！」

「咦——！才不會知道呢！我就不知道嘛！」

一個大男人別說「嘛」啦！說「嘛」是怎樣！

「那只是因為你是笨蛋！你之後不好好向納提爾道歉、被他拋棄了，我可管不了喔！」

「咦——！不要啦！我被趕出這裡會活不下去——！」

我想也是。我無法想像班在這裡以外的地方生存下去的畫面。

「所以蕾蒂希亞小姐和亞伯先生也到餐廳去了嗎？」

「是啊。還坐在可以清楚看見彼此表情的位置上。」

班抱頭哀號：

「哇——！那麼少爺絕對很生氣！他明明那麼期待耶！」

這句話使我瞬間停止動作。

「咦？期待？」

班泫然欲泣地回答我：

「少爺前一天很勤奮地挑選了要讓安娜姊穿的禮服，又買了新的髮飾，看起來相當樂在其中。」

班似乎滿腦子都只有自己被罵這件事，不過我無暇顧慮他。

「他、他相當樂在其中嗎……這樣啊，哦，這樣啊……」

我壓住不自覺失笑的臉頰。

納提爾完全沒表現出這一面，但他其實很期待和我一起出門嗎？

儘管還不太能掌握納提爾的心情，我不覺得討厭。

結果還是忍不住揚起嘴角笑了出來。

「安娜姊，妳好噁心。」

「我要把你的嘴巴縫起來。」

嘴裡喊著「噫噫噫」，班跑走了。

……原本應該要一起打掃耶。

我決定晚一點要去告發他偷懶的事情。

◇◇◇

「納提爾，歡迎你回來！」

看見我反常地開心迎接，納提爾往後退了幾步。

「妳有什麼企圖嗎……？」

「真沒禮貌耶！」

我沒有企圖，只是單純心情好而已。

「快點、快點，把外套脫下來吧！」

「好、好。」

納提爾對平常總是不情願工作的我如此積極感到驚訝，我則替他把外套脫下來。

「好、好的，接下來換穿家居服喔！」

「好、好。」

接著催促他把衣服全部脫掉。我也習慣這項工作了。結果還是沒辦法完全消除害臊，所以我練出閉眼解釦子脫衣服再替他換上衣服的技術。我說不定比自己想像得還要靈巧。這樣說起來，我縫製販賣用的衣服也毫不費苦工。

不知為何，納提爾似乎想看我害羞地替他換衣服的樣子，但那樣太沒效率了。我明明為了可以俐落地替他換衣服而提升技術，他卻很不滿。

「就是這種羞恥害臊的樣子才棒啊……妳不懂……一點也不懂……」

「你嘀嘀咕咕在說什麼啊？」

我問納提爾小聲說了什麼，但他只是對我搖搖頭。

替他換完衣服後，我接著鼓起幹勁說：

「那麼，我今天替你刷背吧！」

「什……！」

納提爾滿臉通紅，我對此竊笑。

「呵呵呵，因為你很期待和我約會對吧？聽說你前一天雀躍地努力替我挑禮服呢！」

「什麼！妳怎麼會知道……！」

「班說的。」

「那隻笨狗……！」

果然當他是狗啊。說得也是，與其說是管家，他更像狗嘛。而且還是不聰明的狗。

「你會這麼期待也就表示……」

納提爾嚥了嚥口水。他的眼睛微微溼潤，就像在期待什麼。

別擔心，我懂！

「這是你第一次約會吧？」

「……什麼？」

納提爾傻眼地張嘴。我輕輕握住他的手，下一秒他的手抖了一下。

這個反應果然沒錯。

我宛如了解一切般搖搖頭。

「我了解，你因為第一次約會而雀躍不已吧？」

「……啥？」

納提爾極度不悅地揚聲。

「卻因為被蕾蒂希亞和亞伯打擾而失望了吧？」

「……唉。」

這次換成沮喪地嘆氣。果然沒錯！他受到很大的打擊！

「所以，讓我替可憐的納提爾刷背吧！既然你是第一次約會，也沒人對你這樣做過吧？啊，我當然會穿著衣服，基本上也都會閉著眼睛，可是對男性來說這是一種浪漫吧？」

「…………」

納提爾終於沉默不語了。

好可憐……我自己光是第一次有人邀我約會就那樣開心且玩得很愉快，納提爾肯定想要有一場更充實的約會吧。

「哎呀，別沮喪啦！我也是第一次約會，所以……」

我還沒說出口的「有點遺憾」被打斷。因為他反握住我的手。

「真的嗎？」

「咦？」

「妳說妳是第一次約會，是真的嗎？」

「是、是真的啊……？」

很遺憾，因為我沒能遇見有氣魄，敢約負債男爵千金去約會的男性。

納提爾聽到我的回答後，不知為何愣住了。他為什麼臉紅呢？還沒洗澡就先熱昏頭了？

「洗澡……」

納提爾緊緊握住我的手。

「現在還不是時機。」

什麼時機……？

「我想麻煩妳讓我躺大腿。」

◇◇◇

奇怪？為什麼我要做這種事？

我應納提爾的要求出借大腿給他躺，於是移動到沙發上。我坐在沙發邊緣，納提爾全身橫躺。

他的頭當然枕在我的腿上。

奇怪……？真的要問我為什麼要做這種事……？

我聽到納提爾因為第一次約會雀躍不已，我同為第一次約會的夥伴想著「納提爾也有這樣可愛的一面啊！」，接著想到約會被電燈泡打擾，他心中肯定有所遺憾，才會提議替他刷背。至於說起為什麼是刷背，因為我想到亞伯前陣子提到這是男性的浪漫。

是的，如此提議的我腦袋有問題。

像這樣把理智交給一時的情緒掌控不是好事呢……

我深切且痛切感受。納提爾沒應允那個提議真是太好了。他還很冷靜真是太好了。我差點就要嫁不出去了。

不對，他很……冷靜嗎……？

我撫摸納提爾枕在我大腿上的頭。大概有點癢，他動了動身體。

「那、那個……納提爾先生？」

「怎麼了？」

「請問現在是什麼情況呢……」

「膝枕。」

嗯，是這樣沒錯。

是這樣沒錯，但我想問的不是這個。

「那個……」

「怎麼了？」

「沒事……」

結果我還是決定閉上嘴。

躺在大腿上的頭有點沉，我的頭也這麼重嗎？

感受沉甸甸重量的同時，偶爾撫摸他的頭。看他乖乖任我作為的模樣，讓我陷入貓咪枕在我腿上的錯覺。

不過枕在我腿上的是二十二歲男性。

……不過，好像有點可愛……

乖巧的納提爾很珍貴，而且他偶爾還會磨蹭我的掌心。

這樣好可愛。

雖然不知道對一個大男人有這種感想是否合宜，他好可愛。

我摸著摸著昏昏欲睡起來。納提爾似乎也開始打瞌睡了。

當我準備閉上無法抗拒重力的眼瞼時，房門伴隨著「啪當」的聲響被打了開來。

「喂，你們兩個，飯都要冷了——」

說到這裡，班終於看到我和納提爾。

紅了一張臉。

「我、我、我什麼都沒看見！我完全沒看見你們兩個人做出傷風敗俗的行為！」

「我們才沒有做傷風敗俗的行為！」

儘管我立刻反駁產生天大誤會的班，我的臉仍然一片通紅。

納提爾不甘願地起身。

「吵死人了……班，你怎麼老是壞人好事……？」

「噫啊啊，少爺是不是在生氣啊──？」

納提爾發出的殺氣連我也有感覺，班怕得抓住坐在沙發上的我的肩膀躲在我背後。這似乎在火上澆油，納提爾瞪班的眼神更凶惡了。

納提爾用力扯開我和班。

他把臉湊到班面前。

「班，你聽好了，別隨隨便便碰布莉安娜。只有這點絕對要遵守，聽清楚了嗎？」

「村、村命！」

縱使口齒不清，班姑且還是回答了。納提爾似乎也放過他了。

納提爾接著轉過來看我。

「下次再拜託妳後續。」

「咦？我原本打算只有這一次耶……」

我這麼說完，換來了他的怒瞪，只好連連點頭。

為、為什麼好心安慰他的我要被他威脅啦！

稍微振作起精神來的班「啊」了一聲。

「蕾蒂希亞小姐交代過我，如果少爺做出不軌的行為就要向她報告，我可以對她說這件事嗎？」

「「絕對不行。」」

我和納提爾的聲音完美交疊，班恐懼地回答：「遵命。」

◇◇◇

「女人的友情還真是如浮雲呢。」

我前往王城去見蕾蒂希亞時，蕾蒂希亞用怨恨的眼神看著我。

「咦？什麼？」

我完全沒有受到她這樣對待的道理。

我一頭霧水地開口詢問，她也只是搖搖頭。

「算了，對啦，我早知道會這樣啦……」

蕾蒂希亞不知為何扮演起悲劇女主角，侍女瑪莉亞從她旁邊拿出一本書給我。

「王太子妃殿下最近在看這本書。」

「《友情與戀情》……喔，這本書是友情毀滅的故事嗎？」

「她因為這本書有點精神緊張。」

「瑪莉亞！妳閉嘴！」

我手上的書被拿走了。大概是被人發現她在看言情小說很丟臉吧，她紅著一張臉把書收回書櫃。

話說回來，我記得這房間裡的書應該全都是王太子殿下準備的，剛剛那本書也是王太子殿下的喜好嗎？該不會是想兜圈子洗腦蕾蒂希亞要重視愛情更甚友情吧？

我很好奇書單，但蕾蒂希亞不知為何很生氣，我只好把視線從書櫃上拉回來。

「布可愛覺得哥哥比我還重要對吧！」

什麼？為什麼會提到這個？

「因為、因為妳變得不怎麼來王城啊。」

「我有工作也是沒辦法的啊。」

「但是我覺得妳多增加點來王城的次數也可以耶！」

「這、這個嘛……」

為什麼我得被她責備得像個不怎麼回家的丈夫一樣啊？

「我認為友情果然應該優先於任何事物之前！妳說對不對？」

「王太子妃殿下最近也看了這個。」

「《掌握友情距離的方法》……這本書開頭就寫著『請保持適當的距離』耶。」

「瑪莉亞！這、這頂多只是參考啦，參考！」

根本完全沒參考啊。

「不是，才不是這樣……我最沒有辦法接受的是……」

蕾蒂希亞緊握從我手上搶回去的書。她力道大到書已經發出吱吱聲響了，沒事吧？

大概太激動，蕾蒂希亞有些粗暴地把書塞回去。

「感覺我輸給哥哥這件事！」

「我輸給那個哥哥這件事！」

還特地說了二次。

「就覺得很討厭……妳懂我這股心情嗎？」

「呃，我沒有兄弟……」

「嗚！無法傳達我這種感覺！」

蕾蒂希亞焦躁地張手又握拳，但不懂的事情就是不懂。

瑪莉亞拍拍我的肩膀。

「只是單純的嫉妒，別理她沒關係。」

「瑪莉亞——！」

不知何時，瑪莉亞也自己吃起瑪芬邊說。今天的瑪芬真好吃。有好幾種口味，我最喜歡巧克力口味，好好吃。

雖說嫉妒，我和納提爾的感情並沒有好到足以教她嫉妒。

嗯，雖然覺得他最近稍微對我好一點了，有時也覺得他很可愛啦。

也讓他躺在我的大腿上了。

「啊——！布可愛想到什麼滿臉通紅——！看吧，所以我才會反對同居啦！你們絕對做了不可告人的事情！肯定是那樣！」

「妳別把人捲入妳那不知廉恥的妄想當中可以嗎！」

「我才不是妄想！」

「她最近看了《我閃婚了，但我老公好溫柔》這本書喔。」

「瑪莉亞——！」

她這個被各種書籍影響的問題沒辦法改善嗎？

……話說回來，這也是王太子殿下選的書嗎？

不，別想了……感覺不能深思……

我搖搖頭拿起茶就口。

「男人都是大野狼！」

「順帶一提，這句話出自先前看的──」

「瑪莉亞──！」

嗯，要是在意就輸了。

不過我想要跟她借《掌握友情距離的方法》。

◇◇◇

這麼說來，我有件事還沒有確認。

「我可以繼續做生意嗎？」

晚餐時聽到我這樣問，納提爾眨了眨眼。

「債務已經還清了……」

我搖搖頭。

「不是那樣，做生意已經算是我的一種興趣了。」

我原本是為了還債才開始做生意，但實際做了之後真的很有趣。

雖然賺的錢完全趕不上還債，只能還利息就是了。

「我想要繼續做下去，可是我現在已經成為你的未婚妻了對吧？如果你認為會帶來困擾，我會放棄。」

老實說很遺憾，但也沒辦法。

沒聽說過哪個上流貴族的妻子拋頭露面做生意。雖然我對這方面並不清楚，說不定貴族男性很忌諱妻子在外做生意。

「不，沒有問題。隨妳開心怎麼做。」

與我的擔憂相反，納提爾爽快地欣然允諾。

「咦？可以嗎？」

「可以，就隨妳開心吧。」

「可是我從來沒聽說上級貴族的妻子外出工作耶。」

納提爾放下叉子。

「只是因為收入足夠而不需要去工作而已，並沒有妻子不得外出工作的規矩。」

「……總覺得，會不會有人說你不好啊？」

聽到我擔心而詢問，納提爾咧嘴一笑。

「就是這種時候才需要蕾蒂希亞啊。」

這種時候……才需要蕾蒂希亞？

我不解地歪頭，納提爾便開始說明：

「妳原本不以特定客群為對象在做生意，如今先轉變方向，試著以蕾蒂希亞和貴族為對象就行了。首先就以蕾蒂希亞為主吧。」

「為什麼？」

納提爾指示班送飲料上來。

「蕾蒂希亞就算那樣也是王太子妃，有其聲望。只要妳成為王太子妃賞識的商人，自然而然能得到信賴以及顧客。」

「確實如此……」

「而且，由於很少有人會對王太子妃賞識的人找麻煩，妳可以安心做生意。」

「說得也是……」

也就是說，只要對蕾蒂希亞做生意，我就能風生水起。

「對耶，如此一想才發現蕾蒂希亞的影響力很驚人呢。」

「是啊，因為她就算那樣，也是王太子妃啊。」

「是呀，畢竟她就算那樣，也是王太子妃嘛。」

即使愛逃跑，即使跑步速度異常快，她仍舊是王太子妃。

在公共場合假裝老實的王太子妃。

我至今仍然無法追趕上她那切換迅速的技術。明明上一秒還在四處奔跑，一站上典禮現場，就能優雅地邊走邊對大家揮手致意。

該怎麼樣才能那樣變換自如呢？

「所以，妳別在意有人會說我閒話之類的事情，自由自在地去做就行了。我可沒有束縛女人的興趣。」

「納提爾……」

討厭啦，一個不小心都快哭了……

我就當沒看見他用替我還債這條鎖鏈把我束縛在這裡這件事情吧。

老實說受他幫助的部分更多，幫了我很大的忙。

有地方睡，也讓我吃很高級的食物，雖然多少得做女僕的工作，卻也不是苦力。和納提爾出去約會也很開心。

咦？我好像有滿滿的好處耶？

「納提爾，你有什麼希望我做的事情嗎？」

「幹嘛突然這樣問……？」

我吞吞吐吐地問出這句話，納提爾一臉疑惑地看著我。

「因為冷靜想想，我覺得你得到的好處太少了。」

「原來是這回事啊？別擔心，多虧有妳，我避掉不少奇怪的相親。」

「不過，即使如此我還是想道謝。不管什麼都好，你儘管說。」

我這句話讓納提爾一瞬間停止動作，但他立刻重重嘆了一口氣。

「我先告訴妳一件重要的事。」

「嗯？」

「對男人說『儘管說』，可是會引來不得了的後果。」

「咦？」

納提爾對著一頭霧水的我繼續說：

「這世上，有人會把這句話照字面解釋。」

「嗯？」

「所以，不管對方做了什麼，妳都不能抱怨，今後絕對別再輕率地說出這種發言。」

怎麼辦，我聽不懂……

我絕對沒有態度輕率，只是想要向他道謝而已。

看見我不知如何是好，納提爾就像突然想到了什麼。

「妳該不會已經對誰說過這種話了吧！」

「才、才沒有說過！」

我被他恐怖的表情嚇得連忙否認。

「真的嗎！妳沒有不小心對班說過吧！」

「為什麼精準點名班呀！」

「那傢伙是不會深讀話中之意的笨蛋所以沒問題，然而如果他比我更早聽到妳這樣說，我會感到很不爽……」

「我才沒說過！我只對你說過啦！」

納提爾摀住嘴。

「怎麼了嗎？」

「沒，有點……只是胸口很脹而已。」

「胸口？不是肚子？」

雖然搞不太懂，納提爾摀著胸嘆了一口氣。

「欸，你應該不是身體不舒服吧？」

「嗯，我沒事。過一會兒就好了。」

「真的嗎？」

這是什麼症狀啊？是吃太飽引起的嗎？

「對了，因為這件事很重要，只有這點要答應我。」

「什麼事？」

「絕對別對男人說『我什麼都願意為你做』。絕對不行。」

「我、我知道了啦。」

他要我確實答應，結果我想道謝的事情也不了了之。

因為我還是聽不太懂，隔天還跑去問他，結果他對我說「妳覺得我可能懂這種事嗎？」，我也只能放棄理解了。

真是男人心海底針。

◇◇◇

道謝這檔事，也不是非得問本人有什麼期望才能做。

發現這件事的我，趁著空檔時間努力準備「道謝」。

倘若可以，希望能在一週內完成就好了……

最近天氣突然變冷，冬天正式來臨，希望可以在真正變冷之前完成。

我犧牲睡眠時間努力趕進度，而納提爾的眼睛相當銳利。

「妳有黑眼圈，沒睡覺嗎？」

「沒、沒有，我有睡覺啊。」

「但是妳有黑眼圈。」

「最近變冷了，或許是睡得不太安穩吧。」

納提爾一臉不太能接受，不過沒有繼續追問我。

太、太好了……倘若可以，我想在完成之前保密。

我鬆了一口氣。

那晚也努力奮鬥。話說回來，已經幾乎做好了，今晚應該就能完成。

只剩一點點了。就在我繼續動手時，伴隨著「叩叩」的聲響，有人敲響我的房門。

「布莉安娜？我可以進去嗎？」

是納提爾。

晚上會來我房間找我的人只有納提爾。

「啊，等、等一下……！」

我慌慌張張地把東西藏在枕頭底下。

「請、請進。」

我確認已經把東西確實藏起來，同時回應納提爾。納提爾開門走進房內。

「妳的狀況似乎不太好，所以我來看看妳。」

「沒有不好啊？」

「說謊，妳沒有睡覺對吧？」

納提爾邊說邊撫摸我的眼下，嚇得我一顫。別、別突然伸手摸我啊！

我慌慌張張地想找藉口，但對真心擔心我的納提爾產生罪惡感。

……我想要道謝卻害得他擔心我，如此一來就沒有意義了……

我從枕頭底下拿出幾乎要完成的東西交給納提爾。

「這是？」

「圍巾。」

我想著接下來會變得更冷才織的。當然在社交和工作場合中不能圍，不過偶爾上街時，或是到庭院時肯定可以拿出來用，所以我才嘗試織織看。

我自認很擅長編織，所以絕對不會做出奇怪的東西。

「……妳要給誰的？」

納提爾的手在發抖。為什麼呢？有什麼地方怪到他想要發笑嗎？

「要給你的啊。」

其實我想用更驚喜的方式送給他，但是沒辦法。

「我懷著平常對你的謝意試著編織。因為是手織的，當然不比高級品，可是應該算織得還不錯吧？」

我心懷「所以誇獎我吧」的期待看著納提爾，他拿著圍巾愣住了。

「給、給我的……？」

「前陣子，我說我什麼都願意為你做，卻被你拒絕了，所以我想說不如送你我親手做的東西好了……你不喜歡嗎？」

我自認為做得不錯，可是對於在充斥著高級品的環繞中長大的納提爾來說，說不定覺得這東西很鄙俗。

納提爾大聲對不安的我說：

「才沒這回事！妳織得很棒！」

我鬆了一口氣。

「那個，謝謝妳……」

納提爾害羞說。太好了，他好像很開心。

「還、還有啊……」

我從床底下拉出箱子。

「給你，剩下的。」

「……剩下的？」

納提爾收下箱子。

「嗯，你打開來看看！」

我笑著說完，納提爾便聽我的話打開箱子。

「這是……」

看見納提爾驚訝的表情，我也很開心。

「唔呵呵，不只有圍巾而已喔！還有手套，以及避免晚上睡覺時著涼，我還織了襪子和圍肚兜。最近變冷了對吧？」

「襪子和……圍肚兜……」

「我的養父母有點年紀了，常說冬天冷得他們受不了，所以我常織給他們！是不是織得很不錯呢？」

「是、是啊……」

太好了！不枉費我努力做出來。

「給我和妳養父母相同的對待……不對，只要想成把我納進家人的範疇中，那麼……」

納提爾嘀嘀咕咕地小聲說著什麼。是在說什麼呢？

不過看他這麼高興，下次織一件毛衣給他吧。還是說織毛線內褲呢？我養父母很喜歡，可是他會喜歡嗎？

在我想東想西時，完全沒聽見納提爾重重的嘆氣聲。

◇◇◇

一轉眼，我已經在這間宅邸住半年了。

我邊擺放晚餐邊回想過去這段日子。年輕女孩的半年時間相當珍貴。

我「呼」地吐出一口氣的同時就座。因為納提爾要求我和他一起吃晚餐。

「怎麼啦，布莉安娜小姐？悶悶不樂的。」

敏銳地發現我這副模樣問道的人，是自稱納提爾朋友的亞伯。順帶一提為什麼說是「自稱」，因為他尚未聽聞納提爾親口說出「朋友」一詞。真可憐。

我看著亞伯的下垂眼再次嘆了一口氣。

「我想家了。」

我這句話讓納提爾、亞伯，以及站在後方隨侍的班面面相覷。

「妳看起來不像會想家的人耶。」

喂，這句話什麼意思啦。

雖然出自納提爾口中，後面那兩個人也頻頻點頭，所以可說三人抱持相同的意見。

「我想家了。」

我故意不理會納提爾又再重複了一次。

「我不認為在眾人面前大聲宣言自己是處女的女性，有這麼細膩的一面。」

「在人家尿床時爆笑的人竟然會想家。」

亞伯和班堅持我不可能會想家，我在他們心中到底是什麼形象啊？我確實大聲說自己是處女，但如果沒必要，我也不會說。我並不是變態。還有，嘲笑人尿床的事情也太久遠，早已過時效了吧？

「我想家了。」

我不理會他們兩人再度重申，納提爾思量了一下。

「我想家了。」

就差臨門一腳，我又再說一次，納提爾舉雙手擺出投降的姿勢。

「我知道了，妳可以回家一趟。」

「太棒了——！謝謝你，納提爾！」

我感激得笑著道謝後，納提爾別過臉去。對全力以對的感謝有這種反應實在太失禮了。

◇◇◇

我說想家並非說謊，是真的想家了。這是我第一次離開養父母這麼久，好想要回家。所以我非常高興可以得到回家的許可，卻又無法打從心底高興。

「妳家還真鄉下耶。」

他為什麼要跟來？

不知為何我睽違已久的歸鄉之旅，納提爾也與我同行。我真心不懂為什麼。

「那個……我想要自己回家耶……」

「事到如今已經太遲了。」

他說得很對。

馬車再行駛一小時就會抵達我家。事到如今不前往目的地便折返，實在太沒效率。

「就算你來，我家什麼也沒有喔？」

「別擔心，我不期待。」

這也讓人感到有點不爽……

儘管確實什麼也沒有，這是我和善的雙親珍視的家耶！

我氣得鼓起臉頰。真是失禮的男人！

納提爾注意到我的反應之後，拿出點心給我。

「聽說這個在王都很流行。拿去，快吃吧。」

雖然想著誰要吃把故鄉稱作鄉下的這傢伙給的東西啊，再怎麼說這個都是王都正流行的甜點。納提爾拿出杯子蛋糕，最上面應該點綴著造型糖果，妝點得色彩鮮豔，光欣賞都是種享受。香氣誘人食慾，我無法抗拒地從納提爾手中接過蛋糕送入口中。

「真好吃！」

自己說也很不好意思，但我是個用食物就能討好的現實女人。

當我細細咀嚼品味時，納提爾又拿了一個給我。我當然不可能拒絕，便接下送入口中。

好吃。非常好吃！

我邊想著如果有多的，也想讓養父母品嘗看看邊咀嚼，完全沒瞧見納提爾此時的表情。

◇◇◇

好久沒回家了。

「我回來了——！父親、母親！」

我活力十足地打開門。因為事前已經寄信通知，養父母立刻跑到玄關來。

「布莉安娜，歡迎回來。」

我飛撲進溫暖迎接我的養母懷中，慢一步到的養父帶著滿臉笑容看著這一幕。

「也非常歡迎納提爾先生蒞臨寒舍。」

「突然造訪很不好意思。」

「不會、不會，我們非常感激您從頭到尾的幫忙。」

養父的臉頰比先前豐腴許多。以前甚至沒辦法好好吃三餐，在納提爾幫忙還債後的現在多少有點從容了吧。

養母也用長點肉的手摸摸我，接著催促我進屋。

一抵達起居室，女僕替我們泡好茶。

「還替我們安排女僕，非常感謝您。」

「甚至還有護衛……」

真不愧是前公爵家的女僕。我大啖和我泡出來有天壤之別的茶。

……話說回來，護衛是怎麼回事？

我曾聽說有女僕，但還是第一次聽聞有護衛耶。

「二位把府上的寶貝女兒交給我，這些都是我應該要做的。今後也會繼續安排，還請別掛意。」

納提爾面露社交笑容說完，養父母又向他道謝。這傢伙明明不會對我露出這樣爽朗的笑容耶……

「那麼，關於您要住的房間……」

養母舉止優雅地把手抵在臉頰上。

「您說要與布莉安娜同房，這樣真的可以嗎？」

◇◇◇

「這是怎麼一回事！」

我在懷念的自己房中逼問納提爾。雖然房間維持著我離開前的樣貌，只有一點不同。

那就是我的床變大了。

養父母態度也太明顯了吧！

養父母對我說「布莉安娜，妳嫁入豪門的夢想成真了呢」和「他是個好對象，可千萬別讓他逃了喔～」後離去，我驚訝地闔不上嘴。

「你是不是對我雙親說你是我真的未婚夫啊？」

若非如此就太奇怪了。養父母認為我真的會和納提爾結婚。納提爾放鬆坐在房裡，乾脆地對憤慨的我說：

「這是當然的吧？」

話說回來，能如此大方地放鬆坐在那張床上，他的神經到底有多大條啊！

「為什麼！你去解開誤會啦！」

「被誤會也不會有什麼困擾吧？」

「我現在進行式很困擾啊！」

因為如此，現在只有一張床！

「不知道事情會從哪裡傳出去，要瞞就要瞞過所有人。」

「你的思考方式跟壞人一模一樣……」

我前陣子讀過的懸疑小說中，凶手也跟他說了差不多的話。

「還、還有護衛是怎麼回事？」

「護衛就是護衛。妳已經是我的未婚妻，是公爵家繼承人的未婚妻。危險會增加，也可能會危害妳家。」

聽他這樣一說，我也能理解了。

「確實是這樣，對不起懷疑你了。」

「懷疑是什麼意思？」

「沒有啦，我還以為你安排人監視我家……」

「我在妳心中是什麼形象啊……」

納提爾「唉」地嘆一口氣，從床上站起來。

「算了，所以說我今晚也睡這個房間。」

「……不能請你回家嗎？」

「意見駁回。」

「我想也是。」

懷抱期待的一句話立刻遭到否決，我在房裡的椅子上坐下。

「……就算一起睡，你也不會做什麼吧？」

「不會。」

「真的的真的的真的嗎？」

「真的的真的的真的。」

聽到他肯定，我應該要安心才對，為什麼我會感到煩躁呢？

「算了，說得也是呢。對我這種人不可能食指大動嘛！」

我隱藏起不開心說完，納提爾重重嘆了一口氣。

想嘆氣的是我才對吧！

「話說回來——」

放鬆坐在床上的納提爾開口說：

「今天是我們第一次同床共寢呢。」

「什麼！」

共、共寢？

我嚇得從椅子上跌下來，納提爾一臉無奈地起身把我抱起來。在我道謝之前，先被他打橫抱起了。

接著他直接把我放在床上。

在我對人生第一次被人打橫抱感動之前先被放在床上，然後納提爾也跟著上床讓我大腦混亂到了極點。

「咦？咦？咦？」

納提爾看著話不成語的我笑了笑。比我想像還要更接近的臉龐使我的心臟冷不防地劇烈跳動。

「反正已經洗完澡了，接下來只剩就寢了吧？晚安。」

「啊、咦……啊……晚安……？」

我不假思索地回應晚安，納提爾替我蓋上毛毯。好溫暖。而且納提爾也鑽進被窩來，大概想睡了吧。

「……不對，不是這樣吧！」

「嘖！恢復理智了啊？」

我差點兒就要被他牽著鼻子走，但不能這樣。我堅決反對同床共寢！

「我、我去沙發上睡！」

「女孩子家不能睡那種地方。」

嗚、嗚嗚……不可以因為他把我當女人看而感到開心啊！

「那、那麼納提爾願意去睡沙發就解決了啊！」

「有這麼一張大床，為什麼非得去睡沙發不可啊？」

納提爾沒有移動的跡象。

問為什麼……問為什麼！

「因為我和你是適婚年齡的男女啊！」

看著滿臉通紅的我，納提爾止不住笑容。

「也就是說，妳意識到我是個男人了嗎？」

「生、生物學上是男性沒錯吧！」

我沒有錯。肯定沒錯。

尚未結婚的男女睡在同一張床上太荒謬了。

「如、如果不能睡沙發，那我今天去睡客房……」

「如果妳拋下未婚夫去睡客房，妳父母會擔心我們是不是吵架了。」

「嗚嗚……」

確實如此。他們特地依照納提爾交代讓我們同房，還替我們準備大床，如果我說想睡客房，他們肯定會擔心。在雙親心中，納提爾是替我們還債的善良未婚夫。

「……你什麼也不會做吧？」

「什麼是指？」

嗚嗚嗚嗚嗚，他在戲弄我！

我沒回答納提爾的疑問，轉過身背對他。能聽見背後傳來咯咯笑聲。

可惡，竟然這樣玩弄人！

「晚安！」

「晚安。」

◇◇◇

我怎麼可能睡得著。

我感受背後傳來的納提爾氣息，用力睜開雙眼。

完全睡不著。超級清醒。

這也是理所當然。因為有男性躺在身邊睡覺啊，這樣要我怎麼睡。

——納提爾睡著了嗎？

我好奇地假借翻身轉過頭看納提爾。

「噫呀！」

他還醒著，我們兩人的眼睛精準地對上。

「怎麼了？」

納提爾開口問，然而我當然不可能把「我太在意你，所以睡不著」說出口。

「沒、沒有，沒什麼……」

「睡不著嗎？」

納提爾邊說邊朝我靠近。原本就已經很近了，又更加靠近，我的心臟怦通怦通跳不停。

納提爾端正的臉孔就在我面前。

對於甚至可以感受到呼吸的距離，我的心臟無法冷靜。

「會冷嗎？」

不知對沒有動靜的我有什麼想法，納提爾將手臂環到我背後，讓我倆身體緊貼在一起。

呀啊啊啊啊啊啊啊啊啊！

我努力吞下慘叫聲，但全身發熱。

「那、那個……」

「嗯？」

已經不見他躺上床前戲弄我的模樣，他定睛注視著我，等我說話。

「沒、沒什麼……」

我紅著一張臉，只能說出這句話。

「這樣啊。」

納提爾這麼說著，稍微抬起我的頭，把他的手臂鑽進來。

這、這就是所謂的……手臂枕吧……？

對於以為和我一輩子無緣的行為，心臟劇烈跳動而無法平靜。

老實說我相當憧憬。雖然和我夢想中的畫面不同，卻是我憧憬的手臂枕。而且對我這樣做的，還是外表天菜的男性。

以感想來說，比想像得還要凹凸不平，可是有股莫名的安心感，讓我不禁呼出一口氣。

納提爾就這樣摸摸我的頭。

「感覺能睡了嗎？」

「嗯……」

我感受納提爾溫暖的體溫，開始昏昏欲睡。

感覺納提爾散發柔柔微笑的氣息，我也忍不住放鬆地笑了。

在我進入夢鄉的瞬間，感覺額頭傳來柔軟的觸感。

◇◇◇

我睡翻了。

難以置信自己能在那種狀態中睡翻。更重要的是，我不知該拿自己仍枕在納提爾手臂上的狀況如何是好。

他的手不會麻嗎？還好嗎？

我擔心著，小心地不吵醒納提爾想要退開，不過納提爾在那之前先睜開了眼睛。

「那、那個……」

我現在肯定滿臉通紅。夜晚說不定看不太清楚，但現在已經天亮，絕對能清楚看見我臉上的顏色。

「……妳已經醒了啊？」

我點頭回應納提爾，納提爾則看著這樣的我，單手緊緊擁抱我。

「再一下下……」

我、我的心臟快要從嘴巴跳出來了……！

「納、納提爾！」

我忍不住大喊，納提爾才不情願地放鬆手臂看著我。

「不舒服嗎？」

「不、不是，不是那樣啦……」

納提爾擔心地探頭過來看我，使我的心臟跳得更快。別一大早就用那張臉毒害我啊！

「我、我快死了……」

我摀著胸口這麼說，納提爾嚇得跳起身。同時抽離的手臂讓我感到些許不捨。

「身體不舒服嗎！」

看見納提爾認真地擔心我，我的心跳又加速了。

「不、不是啦……太、太害羞了……」

我的臉大概紅得連自己也難以置信吧。看見我這樣，納提爾鬆了一口氣。

接著他笑了笑。笑得很壞心。

「我靠妳太近，讓妳感到害羞了？」

這、這傢伙……！晚上明明那樣紳士耶……！

「……對啦！所以離遠一點！」

納提爾對我的回答感到滿意，離開我身邊。

……一大早開始就疲憊透頂……

和筋疲力盡的我相反，納提爾神清氣爽地起身。緊接著他說：

「麻煩幫我換衣服。」

只有今天希望他放過我。

然而我的請求被他無情地拒絕了。

◇◇◇

「真的什麼也沒有耶。」

「那你回去不就得了？」

我忍著害羞拚命替納提爾換衣服，並且用完早餐。

疲憊不堪的我想要待在房間裡，但納提爾吵著待在房裡也無事可做，所以決定在家裡附近散步。

雖然他說什麼也沒有，卻也並非空無一物。只是我們家領地以農業為主要產業，所以大自然豐富，靠農業也有足夠的收益。這種狀態會逼近破產也是因為欠債，假如沒有欠債也能算是小富翁。

走到我家後山一處稍微寬敞的地方，這邊有椅子可以稍微放鬆一下，我這麼想著才帶他來這裡。

「這裡是？」

「我小時候玩耍的地方，養父母替我做的。」

吊掛在樹下的鞦韆、沙地、小池塘，以及溜滑梯。養父母為了讓我不會厭煩，替我打造了這個地方。我懷念地在鞦韆上坐下。

「喂，會壞掉喔。」

「沒禮貌，我還沒有那麼重啦！」

儘管這樣說，鞦韆就算劣化了也不奇怪，所以我沒有搖盪。

「遊樂器材中，我最喜歡鞦韆了。」

以前會盪到最高點再往下跳，現在不能這樣做，受重傷的風險更高。

納提爾看看遊樂器材又看看我之後說：

「妳現在可別去玩溜滑梯喔。」

「為什麼？」

「屁股會卡住。」

「沒禮貌！」

那確實是小孩子用的，但我的屁股又沒大成那樣！

「哼！你等著瞧！我要華麗地溜給你看！」

「啊，笨蛋！」

我不理會納提爾的制止，爬上溜滑梯。孩提時明明覺得滑梯很高，現在爬上來一看卻覺得沒什麼大不了。

納提爾在滑梯底下無奈地看著我。

幹嘛啦！我可以滑啦！

我坐下來要從滑梯上溜下去。雖然有點擠，不過不要緊。沒有問題。我就這樣放開手，往下滑去。

看吧，果然沒問題！

我一臉驕傲地看著納提爾，納提爾仍舊十分傻眼。

身體不停在滑梯上往下滑。即使變成大人，也還是很開心呢。

在我找回童心時，原本順暢的滑速，逐漸變得有一下沒一下。

奇、奇怪……？

當我出現不好的預感而慘白著一張臉也為時已晚。我在滑梯正中央停了下來。

「……………」

「……………」

我和納提爾面面相覷。

「我就說了……」

「嗚……」

沒有反駁的餘地。

似乎卡得剛剛好，我動來動去也拔不出來。

「納、納提爾……」

「幹嘛？」

「拔不出來……」

「……妳是笨蛋嗎？」

是的！我是笨蛋！

我泫然欲泣地低頭看著納提爾。假如不是這種狀況，我應該能樂於享受可以俯視納提爾的珍貴狀態……

「拜託你，救救我……」

「妳真的是……」

儘管納提爾仍然頂著無奈至極的表情，還是向我伸出援手。我握住他的手，他一口氣把我往上拉。

「哇、哇！」

我就這樣用力往下摔。雖然下面是沙地，會痛就是會痛。

「唔，好痛……」

「撞到哪裡了嗎？」

我坐在納提爾的肚子上，他聽見我的聲音後抬起頭。

然而立刻便愣住了。

「納提爾？」

「裙子……」

「咦？」

裙子？

我這才回過神來看自己的下半身。裙襬完美地掀了起來，而且我用雙膝跪地的姿勢跨坐在他身上。

也就是說，被納提爾看得一清二楚。

至於看見什麼……看見裙內風光啊。

「呀——！」

我慌慌張張地整理好裙襬後闔上腿。嗚嗚，我還沒有出嫁耶！

「嗚嗚嗚……嫁不出去了啦……」

「……嫁得出去吧？」

「……咦？」

我不解地歪頭，發現納提爾背過頭去。奇怪？怎麼感覺以前也有類似的畫面……

『如果妳嫁不出去，那麼我來娶妳。』

「啊、啊——！」

我突然大叫嚇得納提爾身體一震。

「啊、啊、啊！」

我的天啊！

「我被我的初戀看到內褲了啦——！」

我發出「嗚哇——！」的聲響，哭聲響徹周遭。

◇◇◇

「不過只是看到內褲這種小事，我覺得沒什麼。」

「…………」

「有時就算不想被看到，應該也還是會被看到。」

「…………」

聽著納提爾不知該說是安慰還是什麼的話，我吸吸鼻子。

「嗚、嗚、嗚……我美麗的初戀破滅了……」

「妳別因為好幾年前的事情哭泣啦。」

「嗚嗚嗚嗚……我在他的記憶中肯定是變態……」

「妳以為小孩看見小孩的內褲，會那麼想嗎？」

「好過分……因為我穿可愛小熊的內褲啊……」

「是小孩子的內褲吧？」

就算是小孩子的內褲，也是內褲啊……

納提爾不知該拿哭哭啼啼的我如何是好，無法冷靜地在房內走來走去。

納提爾突然「呼」的一聲，吐出一口氣停下腳步，拉開我蒙在頭上的毛毯。

「呀——！還我啦！」

「我拒絕。」

「蠻橫——！」

儘管我拉扯毛毯試圖搶回來，依舊敵不過納提爾的力氣，只是把自己往納提爾拉近。

「嗚嗚……別看我哭醜的臉啦……」

「已經見過好幾次了。」

「現在就算說謊，你也該說我很可愛吧……」

我用力把鼻子往納提爾的衣服上擦。哼，就是要讓你不舒服！

「我只是有點傷心……只是想起原本美好的回憶，其實是相當不知廉恥的回憶……」

或者該想，好險我穿的是我最喜歡的小熊內褲。

不過我止不住淚水。少女心很複雜。

「什麼內褲都無所謂吧？」

「嗚嗚……最大的問題是被看見了。」

納提爾摸摸哭哭啼啼喊著「嫁不出去了……」的我的頭，不知何時也在床邊坐下。

「所以說……」

納提爾至此欲言又止，好幾次下定決心想要開口而直視著我。唔，別這樣，你就只有那張臉很帥啊！

彷彿想要隱藏不自覺的悸動，我的手貼著心臟等待納提爾說話。我聽見他「咕嘟」吞嚥口水的聲音。

「如果妳嫁不出去，那麼我來娶妳。」

「……什麼？」

「……我以前這麼說過。」

以前……以前……

納提爾染紅了臉，但視線沒有從我身上移開。他的身影與某個人交疊在一起，是誰呢？

對了，是那個。那個男孩也用這種表情……

「咦？」

這麼說來，他頭髮的顏色也像這樣……

「咦？」

眼睛顏色也是這樣，還因為害臊而微微水潤……

「咦？」

我驚訝得收起淚水。

沒有聽說初戀的你離我這麼近啊！

◇◇◇

「啊、啊……？等、等一下……？」

他說出口的話太具衝擊性，我混亂得腦袋無法運轉。

等等。如果納提爾是我回憶中的男孩……？

到目前為止……我都……說了什麼……？

我……說了什麼……？

咦？我難不成說出來了嗎……？

對、對著本人宣言，「你是我的初戀」了嗎？

「啊哇哇哇哇哇！」

「冷靜點、冷靜點，吸吸吐——」

「那是生小孩！」

納提爾拍著我的背帶我呼吸，但是在其他狀況才需要這種呼吸法！

「什、什麼時候！你什麼時候發現的！」

「問我什麼時候……」

納提爾扭動嘴脣欲言又止，最後才不情願地說：

「看……看到妳的腳的時候……」

腳？

「那是什麼時候？除了剛剛以外，我曾經讓你看過腳嗎？」

「是妳自己給我看的。」

「我才沒做過那種不知廉恥的事情！」

「妳明明說要創造既成事實，然後跨坐在我身上！」

跨坐……？啊……？

「蕾蒂希亞逃跑那時……？」

「沒錯。」

很久以前，還是王太子未婚妻的蕾蒂希亞逃到悠閒的鄉村，我和納提爾一起前往時。蕾蒂希亞告訴我「哥哥沒有未婚妻」，我想著這樣太剛好了，決定創造出既成事實。

我確實那樣做了，可是當然沒有打算做到最後。更重要的是——

「那是因為你把坐在你身上的我撞開，裙襬才會掀起來，不是我讓你看的！」

「妳在那之前的行為已經足以稱作變態了！」

「沒禮貌！我可沒打算失去貞操！」

不過確實從那時候開始，感覺納提爾偶爾會提到「以前」。

「但、但是你對我的追求很冷淡耶？」

如果他想起我們以前一起玩過，我去找他時爽朗地對我說一句「喲，好久不見了呢！」也可以吧？然而現實中他只會要我滾，去他家也會被趕出來。

「那是因為我還沒準備好，妳就先展開攻勢了。」

「準備？」

為什麼和我打好關係需要做準備？納提爾看見我不解之後，傻眼地嘆氣。

「調查妳家的事，調查妳家的債主，調查其他交友關係有沒有問題，各方面都需要仔細調查。」

咦？上流貴族交個朋友也需要做這麼多調查嗎？

認真貴族好恐怖……

「我判斷有辦法解決債務，也知道沒有其他問題，所以才堂堂正正地去迎接妳。」

「不對，是我被你找去吧？」

「只是措辭問題。」

正確來說，是我被迫讓他迎接了。

「我問你，為什麼看腳就知道是我？過這麼多年，應該變得完全不同了吧？」

「也有沒改變的部分。」

「咦？我覺得自己變很多耶？」

「是啊，變化太大我剛開始完全沒認出來。完全沒想過那個強過男孩、看起來不像女生的小孩竟然會有這種誇張的巨乳。」

「還真是抱歉耶！」

我自己也沒想過會變成這樣啊！我的理想預定是變成夢幻美少女耶！

「不過唯一沒變的……」

「沒變的？」

我期待著他會說內在或其他讓人覺得有點開心的話看著他。納提爾直視著我說：

「應該就是妳大腿上並排的三顆痣吧。」

「低級——！」

◇◇◇

「我還期待你會說一眼就看出來了耶……」

我大受打擊地在床上縮成一團，納提爾拍拍我。

「怎麼可能有那麼超乎現實的事情發生呢？如果事情能那樣順利，這世界就全都是快樂結局了。」

撫摸我的手這麼溫柔，說出口的話卻一點也不溫柔。

「是這樣說沒錯，可是女生就是會幻想嘛！」

「女人真麻煩耶。」

「你就是這點很不行。」

納提爾繼續撫摸著我說「這樣啊」。雖然他說出口的話全都值得扣分，我覺得可以替他這點加個分。

「話說回來，有個好消息要告訴愛幻想的妳。」

「好消息……？」

「我已經成為接近王子的存在了。」

納提爾驕傲地說著，我回以冷漠的一聲「喔」。可是他似乎對此相當不高興，又再重複一次：

「我已經成為接近王子的存在了。」

「是、是啊？」

「很遺憾，我國的王族是世襲制，雖然也有篡位這個手段，由於失敗的風險很高，在人民沒有不滿的現在，很可能只會引起人民反感。」

總覺得他開始說起恐怖的話。

現今人民對王族沒什麼不滿。在這種狀況中篡位，確實會被人民批評。

話說回來，如果人民相當不滿，他打算篡位嗎？他想成為國王嗎？

我對這恐怖的男人發抖，納提爾仍繼續撫摸著我。

「所以我決定用最快的方法讓自己成為與王族有關係的存在。蕾蒂希亞生的孩子會成為下一任國王，我會成為國王的舅父。」

「是、是啊？」

可說擁有僅次於王家的權勢也不為過。

可是，納提爾為什麼這樣拘泥於王子呢？

我感到不可思議而開始思考，接著想到一件事實。不，我想應該不可能吧……

「因為我說想和王子結婚？」

「…………」

「你不說話，我就當你承認喔！」

「…………隨妳高興。」

這是承認了。

騙、騙人的吧……

記得十二年前只有一面之緣的女孩所說的話，接著為此執著於權力嗎？

這也就表示——

「你、你喜歡過我？」

「…………」

「你不說話，我就當你承認喔！」

「…………不是喜歡過妳。」

納提爾跟剛剛不同，這次否定了。

原來不是啊？我大受打擊，不知為何好想哭。不對，我其實知道為什麼想哭。

我到現在還夢想著童話故事中的幸福結局，很希望聽到他承認。

納提爾擦拭我冒出眼眶的淚水。

「我現在也喜歡妳。」

納提爾明確說出口後窺探著我。總是沉著冷靜的他看起來很不安。

他說喜歡我？真的嗎？

我以為我正在作一個如我所願的夢，可是撫摸我眼角的手好溫暖，告訴我這是現實。

「我！」

我岔了聲。

「我有負債……」

「已經還清了。」

「家、家世也沒什麼大不了……」

「我應該說過我公爵家是戀愛結婚主義。」

「我、我又不可愛……」

「我覺得妳很可愛。」

這男人是怎麼回事？他先前不曾說過這種話啊？

「我、我很可愛？」

「很可愛。」

不小心脫口而出的話，得到溫柔的回應。

啊啊，真的是。

我是笨蛋。

「我、我也喜歡你。」

這樣怎麼可能不被他綁住。

聽到我的回答，納提爾開心地笑了。

◇◇◇

「為何？為什麼？哥哥哪一點好？」

我的朋友，也是我未婚夫的妹妹一走進休息室，劈頭就來這一句。

「妳在結婚典禮當天問這個……？」

「因為我絲毫不理解哥哥有哪裡好啊。」

蕾蒂希亞憤恨地咬著手帕說「基本上他的所作所為都讓我不高興」。

「布可愛，妳不是住在哥哥那邊當他的女僕嗎？那肯定是為了讓妳意識到他是男人才這樣做！肯定是那樣吧？要妳幫他換衣服、幫他洗澡之類的對吧？」

「我沒有幫他洗澡！」

「那就是有幫他換衣服啊～」

糟糕，我被套話了。

「那個哥哥，最喜歡對自己有利之事的哥哥，在他不決定未婚妻時我就覺得很奇怪。他都要我策略聯姻耶。他讓我策略聯姻了耶！」

蕾蒂希亞還在記恨。恨到讓她說了兩次。

休息室厚重的門被人推開。這種時候會出現在此的人寥寥可數，他是今天的另一位主角——新郎官。

「結果而言是戀愛結婚，所以別再抱怨了。」

「聽說典禮前見到新娘會被逃婚喔。」

「妳別自創奇怪的迷信。」

納提爾一身與平常不同的白色燕尾服。髮型也梳整過，比平時更有幹勁。這也是當然，他可是今天的主角。

「基本上妳也喜歡王太子才會進行下去。」

「可是在那之後太過分了吧！」

「還不是因為妳被父親寵到什麼也不懂！如果當時照那樣下去，妳七早八早就會被取消婚約了。」

「我才沒有什麼也不懂！我會爬樹！」

「上哪裡去找會爬樹的王太子妃！」

「現在進行式就在這裡！」

說來說去兄妹感情還是很要好。

「我讓她當女僕也並非全然是為了那個目的。也是為了讓她從內部看見並掌握我們家的狀況，希望她不需要太辛苦就能當上女主人。」

「你為什麼對妹妹就沒這麼溫柔呢？還有，在你說出『並非全然是為了那個目的』時，就已經坦白你想讓她意識到你是個男人了啦。」

「對心愛女人和對妹妹的態度不同，很理所當然吧？」

「啊——啊——啊——！我不想要聽哥哥曬恩愛！布可愛掰掰！待會兒見！」

蕾蒂希亞說完想說的話後轉頭離開，來去一陣風。別看她這樣，她一站到大眾面前會變身成優雅的王太子妃，令人吃驚。

這點讓人覺得他們果然是兄妹，我邊想邊從椅子上站起身。

「我問你，你愛我嗎？」

「從很久以前就愛著妳。」

他毫不遲疑地說出這種話，使我難以招架。納提爾愉悅地看著羞紅臉的我笑了笑。

「我有辦法成為有用的公爵夫人嗎？」

「沒用也沒關係。」

納提爾接著說：

「不過，如果妳能活用為了繼承下任男爵家家主而學會的知識走在我身邊，我會非常感激妳。」

「包在我身上！」

如果有選擇，我希望彼此是互相扶持的關係。

「叩叩」——敲門聲響起，時間到了。

「那麼，請握住我的手，我的新娘。」

「好的，讓我們一同走吧，我的新郎。」

我握住他伸出的手，一起跨出第一步。

縱然背負巨債，也發生了許多事情，肯定沒有一件事白費。總有一天我會說包含這些事情在內，我的人生相當幸福。

——只要在你身邊。

全新番外

小姑來襲

「呀吼～我來了！」

「妳可以回去了。」

我不假思索地想關上門，她伸腳卡住讓我無法關門。

「什麼我來了，妳不是可以隨隨便便跑出來的身分吧，王太子妃殿下？」

「我只是回自己家而已！」

她說出這句話，我便強硬不起來。

我心不甘情不願地打開門。

「嘿嘿嘿嘿，謝謝妳。哎呀，我千辛萬苦才溜出來，累死我了。」

「妳果然又是偷溜出來的啊？」

當自己家在沙發上坐下的這位女性，確實是不久前還使用這張沙發的人。

王太子妃蕾蒂希亞，我丈夫的妹妹。

個性有點不按牌理出牌，偶爾會溜出王城，不過會確實完成工作，對外展現超完美女性的形象。

可是只要面對詳知她真面目的人，就會原形畢露。

「妳該不會又爬樹和翻牆出來了吧？」

「今天不是。我把繩子丟上城牆後爬繩子出來。」

上哪裡去找會做出這種事的王太子妃啊？就在我眼前！

王太子妃的逃脫技術日益精進，我非常同情追捕她的士兵們有多辛苦……

「蕾蒂希亞，妳起碼先聯絡一下。」

納提爾已經十分習慣蕾蒂希亞來襲，在她對面的沙發上坐下。我也在他身旁坐下。

「聯絡……我想要嘗試一次狼煙耶，可以嗎？」

「最好可以啦！」

就算燃燒狼煙也沒人看得懂。

「不行啊……那我可以發送暗號嗎？」

「給我普通點聯絡。要不然班會驚慌失措。」

我想起蕾蒂希亞有一次送來空白信件，班因為這封信大為驚慌。結果那是用火烤才會出現文字的信。

真希望她別做那種事。

我也點頭同意納提爾。蕾蒂希亞感到無趣地噘起嘴。

「那麼，今天怎麼了？」

反正肯定是無聊透頂的小事，不過我還是姑且問一句。蕾蒂希亞很不好意思地雙手互相搓揉。

「那個啊……我有點惹他不高興了……」

「反正一定是妳不對，立刻去道歉。」

納提爾迅速說完，我也高速點頭。

「這對夫妻好過分……竟然擅自下結論……」

「這是事實吧？」

我這麼說完，蕾蒂希亞便垂頭喪氣。

「那個啊……我跟侍女瑪莉亞啊，玩交換衣服的遊戲……」

她們在幹嘛啊？

此時已經非常想吐槽，但我忍下來乖乖聽她說話。

「好像是我太得意忘形，完全變身成瑪莉亞去幫忙侍女的工作這點不太好……」

真的到底在幹嘛啊？

「因為我隨意碰觸士兵惹克拉克大人生氣了，拜託借我躲一下啦。」

蕾蒂希亞想要打哈哈一般，發出「嘿嘿嘿」的笑聲。

「就算妳說借妳躲一下……」

我和納提爾一同看向蕾蒂希亞的背後。蕾蒂希亞發現我們的視線後，臉色逐漸轉白。

「蕾蒂。」

聽見響亮的悅耳聲音，蕾蒂希亞瞬間飛跳起身。她就像個動作不靈巧的鐵皮玩具般慢慢往後轉。

「我可沒說妳可以隨意握住士兵的手。」

王太子克拉克殿下低聲宣告，蕾蒂希亞全身發抖著辯解：

「我、我只是想要看一眼他的劍……那只是剛好不小心碰到而已……」

克拉克殿下一把扛起畏怯的蕾蒂希亞。

「噫噫噫噫。」

「打擾了。」

慘白著一張臉的蕾蒂希亞很可憐，但這是她自己造的孽，沒人能幫她。

看著兩人遠去，我和納提爾互視點頭。

「每次都來去一陣風呢。」

「是啊，希望她別再把這裡當成避難所了。」

「呼」的一聲，我們兩人一起喝擺在桌上的紅茶。啊啊，真可惜，都冷掉了。

「話說回來，我正好趁這個機會說——」

納提爾注視著我。

「我也不喜歡妳碰觸男人。聽好了，即使是班也不行。」

……這樣說來，我只是和班握手，就被他罵了。

納提爾不會像克拉克殿下那樣表現得很明顯。即使我不小心碰到誰的手，他也不會這樣追著我到處跑吧。

不過他曾經感到相當不悅，而忍不住拍開對方的手。

——那就是占有欲吧。

當時我不懂他的心情，然而一想到他從那麼早之前就在意我，反而讓我感到開心。

「我知道了。」

我笑著回應後，納提爾也相當滿意地微笑。

可是我也有點想看他可愛吃醋的模樣。

全新番外

納提爾的初戀

「父親！」

當我單手拿文件走進辦公室時，父親單手拿書一副無憂無慮的模樣。

「怎麼了？納提爾，你怎麼這麼慌張，發生什麼事了？」

「這個！」

我把手上的文件砸在父親桌上。父親拿起來看，不解地歪著頭。

「有哪裡不對勁嗎？」

「已經超過不對勁的程度了！你為什麼沒發現！」

我抽走父親手上的文件。

「這個金額！簡直難以置信！相差太懸殊了！你為什麼沒發現！」

「咦、咦？是這樣嗎？」

父親低吟，再次看著文件。

「我不擅長困難的事情，所以全都交給下屬負責。」

「所以才不行啊！」

我再次從父親手中搶過文件，指出數字不合理的地方。

「聽好了，這件事根本就不需要這麼多預算，絕對會多出來。你覺得多出來的錢上哪裡去了？」

「嗯～收去多出來的地方放了？」

「是寫這份文件的下屬私吞了！」

父親一臉錯愕地喊著「咦！」，我真想往他的臉上揮拳。

「因為父親總是不確認就簽名，才會出現這種不法行為！我已經把他交給憲兵了。聽好了，父親，請你更加振作點！」

當我逼近之後，父親的表情抽搐。

「怎麼這樣……把他交給憲兵未免太可憐了。」

「你該在意的不是這一點！」

我忍住不用手揍他，反之把文件壓在他臉上。

「做出不法行為理所當然要接受懲罰！這是業務侵占罪！你不應該覺得罪犯很可憐！」

「但、但是……」

父親很傷腦筋地垂下眉毛。

「他的孩子年紀還小，寬容點對待也沒關係吧……」

父親看見我的表情後立刻閉嘴，然而為時已晚。

我用今天最大的音量用力怒吼。

◇◇◇

可惡！可惡！可惡！

我氣得衝出家門。

「為什麼我的父親如此愚蠢啊！」

因為這樣害我吃了不必要的苦頭。我明明只有十歲，卻已經扛起整個家了。

父親是獨生子，被嬌生慣養寵大，只是笑一笑就能得到誇獎，光存在都讓大家感到開心，因為這樣長成了空有善良的草包。

母親也是個從小被耳提面命「嫁人生小孩，要以丈夫為天」養大的深閨千金，工作能力為零。

祖父健在時還沒問題。雖然祖父在養孩子方面無能，工作能力相當高超。

「要是祖父沒有教我這些，我們家早就已經破產了！」

但是！

「什麼話不說，偏偏說我很恐怖？」

要上哪裡去找會邊說兒子很恐怖邊哭泣的父親啊！就在我家裡！

「誰幹得下去啊！」

我心情煩躁地跳上馬車，沒決定目的且命令馬夫隨意亂走，眺望不熟悉的景色。

外頭和我狂風暴雨的心情相反，是晴朗的好天氣。

我突然聽見孩童開心嬉鬧的聲音，於是稍微看了一眼，便看見一間破舊的孤兒院。

「停車。」

「咦？」

「我要你在這裡停下馬車。」

「是、是的！」

馬夫慌慌張張地停下馬，我走下馬車。

「在我回來之前，你在這裡等著。」

「是、是的。」

我走向孤兒院。

不愧是破舊的孤兒院，柵欄也破破爛爛，隨隨便便就能從後面進去。

走進去之後才冷靜下來想著我在幹嘛，但我不想什麼也沒做就回馬車。

我往孩童聲音方向的另一頭前進，來到看似中庭的地方，接著在那邊坐下來嘆氣。

「我到底在幹嘛啊……」

不小心受到孩童歡樂的聲音吸引就走過來了。

也不能堂堂正正地走正門，結果變成這樣偷闖進來。

我真的到底在幹嘛啊……

又「唉」的一聲，嘆了一口氣。

「欸。」

突然冒出的聲音嚇得我身體一顫，戰戰兢兢地轉頭看向聲音的方向，便發現有個比自己年紀小一點的孩子站在那裡。由於頭髮很短，我一瞬間以為他是男孩，不過她穿著裙子，因此我馬上就知道她是女孩。

「你是誰？從哪裡來的？」

「……與妳無關吧？」

「我就住在這裡，當然與我有關。」

「…………」

我沒回答女孩，只是瞪著地面。我希望她別理我。

「你好陰沉喔。」

「……什麼？」

女孩的話令我感到不悅，我再次抬頭。

「你有什麼煩惱嗎？」

「為什麼這麼問？」

「穿著一身好衣服的公子哥闖進這種破爛孤兒院裡，只能讓人這樣想吧？如果只是單純迷路，就會立刻找人問路回家了。」

「……」

被她看穿一切使我陷入沉默。我也不想承認。當我貫徹沉默時，小孩人數增加了。真是糟透了。

「安娜，他是誰？」

「嗯～朋友？」

「什麼！」

才剛見面就說我是朋友，別開玩笑了！

我驚聲大叫，少女靠近我身邊幾乎要擋住我，小聲對我說：

「如果不說你是我的朋友，你馬上會被趕出去喔？」

「……」

這樣就傷腦筋了。少女拉住沉默的我的手，強迫我起身。

「喂、喂！」

「我不知道你因～為什麼事情不開心，可是就是靜靜不動才不好啦！只要活動身體就沒有時間想東想西了！所以說，你當鬼喔！」

「什麼！」

「大家快逃——！」

少女邊說「你要數到十喔」邊跑遠。

「喂！」

儘管我大聲抗議，卻沒人理會我。遠方再次傳來「你要數到十喔」的聲音，我才心不甘情不願地開始數數。

我知道這個遊戲。是叫做「捉迷藏」對吧。應該只要摸到誰就好了。

我靠近追上的孩子，用指尖戳了一下，對方露出疑惑的表情。就在一旁的少女大笑說：

「你沒有玩過捉迷藏嗎？要這樣摸啦！」

這麼說完，她「啪」的一聲用力往我背上拍。

「要、要這麼毫不客氣地碰觸嗎……」

「對啊。好了，快拍！」

我照少女所說的，對一臉傻眼看著我和少女互動的孩子一拍。

「然後快跑！」

「喔、喔。」

我照少女所說的邁步奔跑。少女咯咯笑，我也感到開心而笑出聲。啊啊，感覺我好久沒笑了。

玩了好幾個遊戲之後，少女教我怎麼溜滑梯。

「注意喔？要仔細看喔——！」

「我知道了。」

少女從溜滑梯上方對我大聲說，聽到我回答後用力點頭。

「那麼，我要滑了——！」

少女活力十足地說著，然後滑下溜滑梯。在我佩服她竟然能滑得如此流暢時，少女朝我逼近。

咦？這是……

「呀——！快閃開、快閃開！」

果不其然，少女撞上在溜滑梯底下的我，我順著她的衝勢一起倒下。雖然下面是沙地，還是很痛。而且坐在我身上的少女好重。

「喂，快起來……」

啦——我的語尾不知消失到何處。

少女的……裙子……捲起來了。

捲起來。被我看見了。

我看見小熊了。

「唔唔，好痛……」

少女的聲音讓我回過神來。

「妳、妳還好嗎？」

「嗯，對不起……」

少女道歉，同時似乎終於發現自己的姿勢。她逐漸轉紅的臉非常有趣。

不過那之後就不太可取了。

「笨、笨蛋！」

「啪！」——我收到有點痛的一擊。

◇◇◇

她用溼手帕冰敷我紅腫的臉頰。

「對不起、對不起！不小心出手了！」

少女一副泫然欲泣的表情。

「不會，沒有關係。」

只是有點痛。

「今天很久沒穿裙子，早知道就不穿了。」

少女說她平常不穿，所以完全忘記她現在穿裙子。那也就表示她平常都穿褲裝吧？我記住了。

「院長媽媽說內褲只能讓結婚對象看耶……」

少女的眼睛慢慢浮現淚水。

「我已經嫁不出去了……」

「這是不可抗力，也是沒辦法的啊。」

「……嗯。」

即使我這麼說，少女的眼中仍然泛著淚光。

「如果……」

「嗯？」

我注視著少女說：

「如果妳嫁不出去，那麼我來娶妳。」

我認真地說，少女被我嚇了一大跳。不過她拭去眼角的淚水，「呵呵呵」地笑了笑。

「謝謝你！」

她的笑容讓我心臟小鹿亂撞，我別開臉。

「啊～玩得好開心喔！」

少女活力充沛地說。時間已到傍晚，她大概猜到我該回家了。

「那、那個……」

我莫名緊張地低下頭。

「幹嘛？」

「……今天很謝謝妳，我心情好多了。」

儘管我的聲音很小，還是確實道謝了。少女聞言露出開懷的笑容。

「你不用客氣！」

她那張臉太可愛，我知道我滿臉通紅。

「那個……」

「嗯？」

「妳、有喜歡的人、之類的嗎……？」

「喜歡的人……？」

少女思索後似乎想到什麼，表情燦爛地抬起頭。

「王子！」

「王子……？」

「故事中的王子很帥氣！有錢又住在大城堡裡，長得也很漂亮！如果要結婚，果然還是要跟王子結婚吧！」

我知道自己變好的心情急速惡化。

「妳怎麼可能有辦法跟王子結婚啊？」

我這句話讓少女氣得鼓起臉頰。

「就是可以！他會來迎接我！」

「不可能，王子不可能會找庶民為對象。」

「故事中王子會和在平民區長大的人結婚！」

「不可能！」

「可能！」

「不可能！」

「可能！」

我們爭執了一會兒，彼此喘氣瞪著對方。

先從互瞪中別開視線的是我。

「……我來迎接妳。」

「咦？」

我鼓起勇氣才說出這句話，少女不解地歪著頭。

「雖然我不是王子，我會成為接近王子地位的人。」

——妳等我。

我只拋下這句話，便紅著臉跑回馬夫等我的馬車。馬夫一臉驚訝地看著滿臉通紅的我，但什麼也沒問便駛動馬車。

我絕對要娶她為妻。

我胸懷訂定的目標踏上歸途。

◇◇◇

我一回到家，想討我歡心的父親做了成堆有問題的文件等著我。

就在我煩惱著這些文件時，少女被某戶人家收養了，而我之後才知道這件事。

全新番外

見家長

「結結結結結結婚？」

和納提爾兩情相悅之後，納提爾立刻安排說：「我要把妳介紹給父母。」

當我們報告要結婚的決定後，納提爾的父親，也就是現任道曼公爵家家主，卡提斯公爵大聲驚呼。

順帶一提，納提爾的雙親不住在王都裡的本邸，而是住在距離王都兩天馬車車程的家裡。納提爾說：「我讓他們隱居去了。」

「哎呀哎呀哎呀。」

相較於慌張得不知所措的父親，他的母親雪莉夫人相當冷靜。

卡提斯公爵直視著我的眼睛問：

「妳的精神還正常嗎？」

「父親，你這是什麼意思呢？」

「噫噫。」

被兒子一凶便後縮成一團的樣子沒有絲毫威嚴。

「不是啊，等等，這很重要耶！……妳沒有被他抓住什麼把柄，或是被他威脅吧？」

「父親……？」

「不、不是啦，因為啊……」

卡提斯公爵眼泛淚光躲到妻子身後，就跟小動物沒兩樣。

我輕輕拍拍納提爾的背安撫他，讓他收斂點。

我清清喉嚨之後，態度認真正視著兩人說：

「我沒有被威脅，也沒被他抓住把柄。我確實相當愛慕令郎。」

這麼說完，雪莉夫人便認同地點點頭；卡提斯公爵則仍然用無法置信的眼神看著我。

「……真的嗎？妳不用忍耐沒關係喔？」

「父親，你很纏人。」

「嗚……」

被納提爾一瞪又再次躲到妻子背後的卡提斯公爵已經快哭出來了。

「我老公這樣真的很對不起，布莉安娜小姐。」

大概很習慣丈夫躲到自己背後吧，雪莉夫人向我道歉。

「不、不會。」

「這個人老是被納提爾罵，所以很怕他。不過真要說起來，都是他不好。」

「雪、雪莉……」

對於用怨恨的眼神看著雪莉夫人的卡提斯公爵，雪莉夫人輕輕歪著頭。

「唉呀？我說錯了嗎？」

「……沒有……妳沒……說錯……」

不僅是兒子，卡提斯公爵還遭到妻子責備，沮喪到了極點。

他看起來相當不可靠，可是這樣的人當家主真的沒問題嗎？

「因為這個人是這副德性……納提爾很小就獨力扛起我們家了。」

雪莉夫人「呼」地吐出一口氣。她看起來很年輕，完全看不出來是兩個孩子的母親。

「唉呀，真糟糕。不好意思讓你們站著說話了呢。來，快請坐。」

「謝謝您。」

夫人就像要催促我坐下喝紅茶一般說著「請坐」。我坐下之後，雪莉夫人也坐下。畏懼著納提爾的卡提斯公爵也跟著坐下，納提爾則坐在我身旁。我大概很緊張，潤喉的水分使我放鬆下來。

雪莉夫人微笑看著這樣的我繼續說：

「如果我也能幫上什麼忙就好了，然而很遺憾，我沒有知識也沒有天分……我只會社交，所以只在這方面努力……但我還是覺得很對不起納提爾。」

大概想起往事，雪莉夫人眼睛微微泛淚。卡提斯公爵則一臉尷尬。

「嗯……我也覺得是我不好。因為我是老來得子的小孩很受寵愛，而我也樂得接受一切，結果一到自己繼位才發現我一點用也沒有……老是讓納提爾辛苦了……」

「沒錯，我很辛苦。」

「唔、唔唔……」

納提爾毫不留情地捨棄卡提斯公爵，讓他沮喪地低頭。

「納提爾對外人也開始只會用利益得失的眼光看人，我對這點感到很擔憂……」

雪莉夫人舉起纖細的手指拭去自己的淚水。

「沒想到他竟然能找到妻子！」

她下一秒對我露出燦爛的微笑，使我不禁往後退。

雪莉夫人絲毫不隱瞞她開心到極點的表情，步步朝我逼近。

「妳放心，我們不會住在本邸，妳把公婆當作住在遠方的人也沒關係。啊，不過偶爾來看看我們，我會很開心……」

「我想應該沒辦法常來，但會偶爾過來玩。」

「哎呀，太高興了！」

在她閃閃發亮的眼睛注視下，我不禁微笑。

「對了，你們要結婚對吧？結婚典禮的衣服打算怎麼辦呢？要不然和我一塊兒去裁縫師那裡——」

「我會全權操辦，所以不必擔心。」

納提爾打斷雪莉夫人的話。雖然雪莉夫人有點嚇到，立刻咯咯笑出聲。

「哎呀哎呀，占有欲這麼強啊？你是個對人沒有太多執著的孩子，一旦有了心上人還真是驚人呢。」

「母親。」

「哎呀，還真抱歉。」

雪莉夫人的態度感受不到絲毫歉意，納提爾稍微羞紅了雙頰。該不會被夫人說中了吧？這樣說來，從很久之前，我的衣服就全都是納提爾替我挑選的呢。咦……他從那麼早之前就已經表現出占有欲了嗎？

我害羞得低下頭，接著便聽見雪莉夫人溫柔的笑聲。

「呵呵，真令人開心呢。」

雪莉夫人輕輕握住我的手。

「布莉安娜小姐。」

「是、是的。」

「雖然納提爾是個不太好懂的孩子，實際上是很善良的好孩子。所以，請妳務必和他好好相處。」

對於這番話，我笑著回應：

「是的，這是當然。我也愛著他笨拙的這部分。」

雪莉夫人似乎放下心來，笑容變得更深了。

「我想納提爾會連結婚典禮也一手辦到好，可是如果妳有想要自己做的事情，要別客氣地說出來喔。當然，結婚典禮以外的事情也一樣。畢竟你們就要成為夫妻了。」

「是的。」

「如果吵架了，隨時可以來倚靠我喔。話雖如此，可能也不好找婆婆商量吧……同為嫁進這個家的人，我會支持妳。」

「好的。」

我點頭後，雪莉夫人就像突然察覺到什麼事情而閉上嘴。

「年紀一大，話越來越多真的不行呢……我是個囉嗦的婆婆真不好意思。」

「不會。」

我知道因為她很愛納提爾，也擔心我才會這樣。這份心意讓我非常開心。

這就是結婚後也會和對方家人成為一家人吧。

「對了，請妳務必喊我媽媽！」

「咦？」

「唉呀，仍然感到有點抗拒嗎？」

她用少女般的眼神對我說，我則搖搖頭。

「媽、媽媽……？」

我害羞地喊完，雪莉夫人便感動地摀住嘴巴：

「怎麼會這麼可愛！可、可以再喊一次嗎？」

「媽媽。」

「哎呀哎呀，沒想到我竟然能有這麼可愛的媳婦！」

雪莉夫人感動地手撫臉頰。

「納提爾不是會對父母撒嬌的孩子，所以很早就喊『父親』和『母親』……只有在蕾蒂希亞面前，為了讓蕾蒂希亞學習才會喊『爸爸』和『媽媽』……這樣回想起來，就連蕾蒂希亞的教育也全都交給納提爾了呢……我們真是丟臉……」

媽媽似乎又回想起什麼，垂頭喪氣地低下頭。

「那個……不過我覺得納提爾和蕾蒂希亞的感情似乎並不差，我想他應該不是真的討厭做這件事。」

「是這樣嗎？」

雪莉夫人抬起頭，露出些微不安的表情。

「如果是這樣就好了呢。」

「肯定如此。」

聽到我的回答，她開心地微笑著喝紅茶。

「請妳務必和那孩子幸福美滿。妳也吃了不少苦頭對吧？」

「您知情啊？」

我沒想到雪莉夫人竟然知曉這些事情。她看見我驚訝的表情，像個成功惡作劇的孩子般笑著說：

「呵呵呵，我剛才說過吧？我很擅長社交。」

社交資訊網太令人驚恐了……

我真的可以在這個世界生存下去嗎？我稍微有點不安。

「別擔心，社交沒那麼恐怖。習慣後根本沒什麼。」

「是這樣嗎？」

「是呀。而且納提爾肯定不會離開妳身邊，所以妳無須擔心。」

「……說得也是呢。」

納提爾肯定會保護我。

不過，假如可以，我想成為能夠保護納提爾的人。

接下來要學習各種事情，要成為支持納提爾的力量。

我訂下目標後，雪莉夫人大概察覺到我的心意，於是露出笑容。

雪莉夫人的視線突然往一旁看去。

「偶爾也能陪陪和納提爾吵架的某人，我也會很開心喔。」

經她這麼說，我順勢往一旁看去，看見被納提爾抓住頭的卡提斯公爵。

「父親，你太糾纏不休了。」

「可是，要是她其實很不甘願，那不就太可憐了嗎？」

「被親生父親認為是會做出這種事情的男人，我就不可憐嗎？」

「不是啦，但是啊……實際上如果你和布莉安娜小姐沒有兩情相悅，你會怎麼做？是不是會把人關起來呢？」

「…………」

「看吧！看吧！爸爸才沒有想錯！很痛痛痛痛痛，別用力啦！」

他們看起來嬉鬧得很開心。雪莉夫人把視線拉回我身上說：

「他們的感情雖然不能說非常好，卻也不差喔。只是那個人少根筋且工作無能而已。」

「妻子對我落井下石！」

「這是事實啊，父親。」

納提爾毫不留情地說，我和雪莉大人相視而笑。

今後也想繼續過著這樣平靜的生活。

和納提爾一起肯定可以實現。

我開心得又再次笑出聲。

全新番外

班就這樣成為了管家

「已經離開了……？」

我不禁脫口而出的無力聲音，讓身為院長的女性一臉抱歉。

「是的，不久之前被人收養了。」

女性說著「對不起喔」，無從應對的全身無力感襲擊我。

——我預定要來帶走安娜，好不容易處理完工作才來孤兒院。

關鍵的安娜卻已經被人領養走了。

我震驚得瞬間停止思考，隨即搖搖頭重新面對院長。

「請問知道是被哪裡收養嗎……」

「關於這點，我只是照這家孤兒院的經營者吩咐做準備而已……不太清楚詳情……」

「經營者是誰？」

「治理這區域的領主大人幾年前過世後，由他的親戚接手管理，但是……」

院長很傷腦筋地垂下眉角。

「他……似乎對這邊沒興趣……我以前也曾詢問他被領養走的孩子的事情，不過……」

新的經營者幾乎不怎麼關心孤兒院，關於領養孩童的家庭也只說「不用擔心」，院長詢問了十幾次才好不容易能得到回應。

可是沒有其他方法，只能去問那位經營者了。

「我知道了，抱歉打擾了。」

「不會，沒能幫上忙真的很不好意思。」

面對小孩也不改態度，院長認真的應對讓我很有好感。

她肯定也很真誠地對待孩子們吧。所以安娜儘管是個孤兒，卻培養出那樣直率的個性。

「媽媽！陪我玩——！」

掛著兩行鼻涕的孩子邊喊邊朝院長的腳撲上去。

「你的鼻涕又流出來了……我不是說了，只要流鼻涕就要馬上擦掉嗎？」

院長邊說邊從口袋掏出手紙替他擦鼻了。

孩子任由院長替自己擦鼻子，但也找藉口說：

「因為流個不停啊！一直擦鼻子會痛！」

然後我記得我見過這孩子。

「他叫做班吧……？」

他是先前和安娜一起玩的其中一個小孩。因為他掛著鼻涕，我記得很清楚。安娜喊他

「鼻涕小鬼班」，真是人如其名。

班聽到我的聲音後，放開院長的身體轉過頭看我。

「啊，之前的大哥哥！」

他似乎還記得我。班開心地笑著拉起我的手。

「你今天也是來玩的嗎？一起玩吧！」

他拉扯我的手，於是院長慌慌張張地介入。

「班，不可以。不可以這樣突然拉別人的手喔。」

「唔唔……對不起。」

雖然對沮喪的班感到不好意思，我今天不是來玩。而且我得立刻找尋安娜的行蹤才行。

「不好意思，我今天是為安娜……」

「安娜姊？」

「安娜姊啊，她喜歡巧克力喔！」

班邊歪頭邊說：

「……什麼？」

突然聽到關於安娜的資訊讓我睜大眼。班大概以為我產生興趣了吧，興奮地繼續說：

「還有啊，她很喜歡算錢喔！還有啊，跑步跑最快！因為方便活動，常常穿褲子，可是她其實很喜歡可愛的東西！」

不停說出安娜資訊的孩子雙手扠腰，心滿意足的樣子。

「對、對不起……這孩子和安娜的感情很好，肯定太寂寞了。」

院長大概想打圓場，她邊摸班的頭邊說明。

我看著又開始流鼻涕的孩子下定決心。

「我要領養這孩子。」

◇◇◇

「——這就是我把班帶回家的原因。」

納提爾瞥了班一眼，班開始冒冷汗。

「這傢伙，竟然就只知道那些資訊。」

納提爾狠狠地瞪了班一眼，他立刻繃緊身體。

「沒、沒有啊，我也說了其他事情耶……像鞋子尺寸之類的……」

「我知道那年齡的小孩子鞋了尺寸要幹嘛？馬上就會長大吧？」

這句話再正確也不過。

班把身體縮得更小。

「怎麼學也學不會工作，我都後悔怎麼會撿這種人回來。」

「太、太過分了啦——！」

縱然班哭喊著，如果納提爾是為了得到我的消息才領養班，那班真的一點用也沒有。

「不過你還是繼續照顧他了對吧？」

我不禁咧嘴笑著看納提爾，他不愉快地皺起眉頭。

「……因為我已經把他帶回來了。」

班因為納提爾這句話而感動，緊緊抱住納提爾。

「少爺！請您要照顧我一輩子啊啊啊！」

「走開！你很煩人，起碼學會照顧你自己吧！」

「我做不到！因為我連自己身體不舒服也不會發現啊！」

「蠢蛋！」

我看著兩人嬉鬧，將巧克力蛋糕送入口中。

——我還在想這個家的點心為什麼巧克力口味的比例特別高呢。

可是因為我喜歡，反而可說非常歡迎，所以決定別多嘴。

「沒想到你竟然為了要得到這些資訊而收養班。」

我又大口吞下一口。

「結果還是沒找到妳……」

納提爾嘆氣。

「正如院長所說，經營者行事隨便，完全沒留下任何資料……不過我也以此要脅他，幾乎無償將孤兒院的經營權以及其他事情轉讓給我了。」

納提爾真厲害，只要見縫就絕對會插針。

「而且妳啊，聽說『安娜』根本就不是正式名字不是嗎？」

納提爾憤恨地看著我，我的臉頰不禁抽搐。

「不、不是啦，為了不管取什麼名字都能習慣，我們孤兒院只替小孩取簡單的名字。然後被收養之後，再由養父母取正式的名字後提交啦……」

所以即使是納提爾也找不到我。

因為經營者隨便而幾乎沒有資訊。而且可說是唯一線索的名字也並非正式名字。

「總、總覺得很對不起你……」

害我覺得我愧對他而道歉，納提爾搖頭表示這也是無可奈何的事情。不是我們兩人哪一方有錯，只是剛好各種時機不湊巧而已。

為了消除尷尬的氣氛，我提出一直以來的疑問：

「但是納提爾應該沒有照顧孤兒院的必要吧？而且原本就不在你家領地內……」

雖然對出自孤兒院的我來說，也不希望孤兒院那樣隨便經營下去。

我的問題使得納提爾滿臉通紅。

「我想著，說不定妳會突然跑回來玩……」

對於一臉害羞的納提爾，我也跟著害羞起來。

「竟、竟然……為了不知道會不會來的我這樣做？」

「……不行嗎？」

大概無法承受下去，納提爾突然把臉轉過去。我覺得他這副模樣很可愛，或許也病入膏肓了吧。

「謝謝你。」

「……喔。」

我對別過頭去的納提爾道謝，他小聲回應。

——真的是在我面前就變成可愛的男人耶。

我靠近納提爾，笑著抱住他。儘管納提爾僵住，還是慢慢把手臂環到我身後。

我想暫時沉浸在這份幸福當中，所以裝作沒聽見班在旁邊喊著：「我的存在……」

後記

第一次認識我的讀者，以及已經認識我的讀者，大家好，我是沢野いずみ。

非常感謝大家購買《瀕臨破產的千金想結婚》。

這一次撰寫的《瀕臨破產的千金想結婚》是《我想蹺掉太子妃培訓》的續集，主角是在《我想蹺掉太子妃培訓》中以主角蕾蒂希亞朋友登場，最喜歡錢的布莉安娜。

她在前作中應該就是最受到歡迎的角色，沒想到她能在續集變成主角，連作者我本人也嚇了一跳。

我抱著沒看過前作也能看懂本書的想法撰寫《瀕臨破產千金的想結婚》，大家覺得如何呢？沒讀過前作也能看懂本書，但若是讀過前作，或許會對三不五時跑出來的角色感到有點驚喜。

《太子妃培訓系列》基本上以單純的愛情喜劇為目標，所以這次也沒有太複雜的設定，是簡單且和平的故事。

其實我在寫《我想蹺掉太子妃培訓》時開始，就已經在設計把布莉安娜和納提爾配成對的故事了。從登場當時起就想將這兩人湊成一對，像這樣有機會以續集的方式好好寫出兩人的故事，讓我非常開心。

布莉安娜因為負債而成為守財奴，但基本上有顆少女心，是無法脫離庶民思想的少女，說不定比前作主角的蕾蒂希亞更有女主角的樣子。而納提爾是個有點彆扭的完美主義男人。因為完美主義而不太能接受布莉安娜，但在確定布莉安娜是他要找的人之後又把人叫到自己家裡，寫成文字後讓人覺得他是有點危險的男人。可是，雖然我覺得完美男主角很棒，像這樣感情豐富的男主角也很不錯吧。

布莉安娜也和普通的千金小姐不太一樣，不知道大家能不能接受，因此我把兩人寫進《我想蹺掉太子妃培訓》前就很不安，但是大家比我想像得還要能夠接受守財奴，身為作者鬆了一口氣。守財奴千金很不錯對吧？

亞伯其實是我想要挑戰情敵角色而寫出來，但對基本上固定配對的我來說，三角關係讓我覺得「沒被選上的人很可憐！」，所以最後變成好朋友了。儘管連挑戰也沒挑戰就結束，我喜歡和平。

我讓班以關鍵角色登場，但是不小心將他的笨蛋人設發揮過頭，他變成沒什麼用的人。不過作者很喜歡班這個角色。笨蛋角色也很棒對吧？

比起前作主角，本作主角的布莉安娜更有少女情懷，我認為讓她好好地談了一場戀愛，全新加筆的談情說愛場面也寫得很開心。因為我不太常寫談情說愛的情節，邊害羞邊寫也是個美好的回憶。

編輯來找我談續集事宜時，嚇了我一大跳。

《我想蹺掉太子妃培訓》是我寫得很爽快，一本就完結的書，所以要推續集完全出乎我的預料之外；與此同時還接到要改編成漫畫的消息，我嚇得眼珠都要掉出來了，然後還忍不住用搜尋引擎搜尋了漫畫版。

然後看來似乎不是我作夢，就這樣迎來續集上架以及漫畫連載的日子。

漫畫版中也增加了負責作畫的萱田うり老師的改編，畫得非常出色。角色的設計也稍微有點改變，因此手邊有《我想蹺掉太子妃培訓》的讀者如果可以比較與原著的差異閱讀，我也會很高興。

接續前作，本作品的插畫也由夢咲ミル老師負責。老師畫出非常細緻的插畫，我創造出來的角色透過插畫躍於紙上，讓我非常感動。在前作時一想到作品結束後和老師的合作也告一個段落，就讓我感到很不捨，所以可以再度合作讓我非常開心。我的作品因為老師變得更加出色，我道不盡我的感謝。

請讓我藉此機會，向與本作品出版相關、盡心力的所有人員致上謝意，非常感謝大家。

從為數眾多的書籍中選擇購買《瀕臨破產的千金想結婚》的各位讀者，請讓我致上深刻的感謝，真的非常感謝大家。

二〇二〇年三月吉日　沢野いずみ

我與她的遊戲戰爭 1~7 待續

Kadokawa Fantastic Novels

作者：師走トオル　插畫：八寶備仁

在強敵環伺的電玩大賽中，
岸嶺隱藏的力量將會覺醒！

夏天是玩家們最熱血的季節。岸嶺感覺自己的實力比起其他社員尚嫌不足，於是決定向遊戲測試打工認識的電競選手求教；而過去曾與岸嶺等人較勁過的冠軍得主率領一支強力團隊，也來參加了這場大賽——

各 **NT$200~240/HK$65~80**

王者的求婚 1~3 待續

Kadokawa Fantastic Novels

作者：橘公司　插畫：つなこ

瑠璃被安排了婚事，即將結婚？
無色潛入「女校」，想確認瑠璃的心意！

瑠璃被安排婚事，於是直接前往不夜城本家談判，卻回報了自己準備結婚的消息。無色變身成久遠崎彩禍，潛入由不夜城家一家之主擔任學園長的女校〈虛之方舟〉，想確認瑠璃真正的心意。為了破壞這樁婚事，哥哥不惜向妹妹——魔女不惜向騎士求婚！

各 **NT$240~250/HK$80~83**

國家圖書館出版品預行編目資料

我想蹺掉太子妃培訓. 2, 瀕臨破產的千金想結婚 / 沢野いずみ作 ; 林于楟譯. -- 初版. -- 臺北市 : 臺灣角川股份有限公司, 2024.03

面 ; 公分. -- (Kadokawa fantastic novels)

譯自 : 妃教育から逃げたい私. 2, 没落寸前だけど結婚したい私

ISBN 978-626-378-657-8(平裝)

861.57 113000375

Kadokawa
Fantastic
Novels

我想蹺掉太子妃培訓 2
～瀕臨破產的千金想結婚～

（原著名：妃教育から逃げたい私 2 ～没落寸前だけど結婚したい私～）

2024年3月25日　初版第1刷發行

作　者：沢野いずみ
插　畫：夢咲ミル
譯　者：林于楟

發行人：台灣角川股份有限公司
總　監：呂慧君
總編輯：蔡佩芬
主　編：林秀儒
編　輯：彭曉凡
設計指導：陳晞叡
美術設計：莊捷寧
印　務：李明修（主任）、張加恩（主任）、張凱棋

發行所：台灣角川股份有限公司
地　址：104台北市中山區松江路223號3樓
電　話：（02）2515-3000
傳　真：（02）2515-0033
網　址：www.kadokawa.com.tw
劃撥帳戶：台灣角川股份有限公司
劃撥帳號：19487412
法律顧問：有澤法律事務所
製　版：尚騰印刷事業有限公司
ＩＳＢＮ：978-626-378-657-8